ROUGHNECK
JIM THOMPSON

漂泊者

ジム・トンプスン
土屋晃 訳

文遊社

漂泊者

1

わたしは古いフォードを縁石に寄せてエンジンを切った。摩耗したクランクシャフトのせいでオーバーヒートがひどく、エンジンはしばらく回りつづけたのち、やがて青息吐息といった調子で車全体が弾むように揺れた。それはうだるように暑い一九二九年八月のことだった。車はオクラホマシティのグランド・アヴェニューの北側で止まった。わたしは額の汗を拭いながら、うんざりした気分で窓の外を眺めた。

少年時代にはこの通り沿いで、朝は〈オクラホマン〉、夜は〈ザ・ニューズ〉と新聞を売りさばいた。ここから遠くない場所に、トンプスン家の懐事情がいきなり好転したころ住んでいた邸宅があった。また道を渡って右へ行ったあたりのオフィスビルで、父が数百万ドルもの石油ビジネスを差配していた……ずいぶん昔の話だが、きのうのことのようにも思える。父はいまテキサスにいて、稼いだ金も、石油の出ない油井につぎからつぎへと注ぎこまれていた。わたしは——わたしと母と末の妹のフレディはといえば……。

フレディは大柄な子で、とにかく食欲が旺盛だった。その彼女が、母とわたしに飢え死にさせられると泣きべそをかいていた。お金はあるんでしょ。だって、すこしは持ってるじゃない。そしたら、あたしたちなんで食べられないの？　食べられないわけをちゃんと教えて！

「静かになさい」と母は言った。「お兄さんに訊いて。お兄さんはなんでも知ってるんだから」

「ちょっと待ってくれ」とわたしは言った。

「そんな、知るもんですか」と母は言った。「人の話を聞いてれば、ひどい目には遭わなかったのよ。こんなざまになるなんて。でもそう、あなたのせいじゃない。いまさら何を言うつもりもないけどね、ジミー、でも……」

疲れと不安のせいで、それにもう若くもなかったし、母は愚痴っぽくなっていた。わたしが頑固で意地っ張りで、慣習を蔑ろにしてやまない人間だといわんばかりの言い様だった。トラブルに巻きこまれることしか眼中にないとでもいうような。

わたしはハイスクールに六年通ったすえ、成績を改竄しただけで放校になった。初めて長ズボンをはいた時分の仲間といえば、コーラスガール、詐欺師、ギャンブラーその他のろくでなしどもだった。十五歳のころには新聞〝記者〟、バーレスクショーの売り子、配管工見習い、短編映画のコメディアンなど十数もの職を経験していた。また同時にローマの抒情詩人カトゥルスを諳《そら》んじたし、ポーカーでフォーカードが出来る確率を弾き出すこともできた。

十六歳を迎えるまえ、高級ホテルで夜間のベルボーイになった（これは好漢でペテン師のアリー・アイヴァーズの差し金だ）。それで大金を稼ぎ——さらにギャンブルで儲けて——全額使い果たした。十八歳で肺結核、急性アルコール中毒、神経衰弱になって倒れた。

テキサス西部と極西部を三年間放浪し、高温で乾燥した風土のなかでゆっくり健康を回復すると、フォートワースに帰ってホテルに復職した。ギャングの一団には密造ウィスキーの販売をさせられた。不名誉な立場に追いこまれ、実際に銃を向けられもした。そこでその仕返しとともに、財産を取りもどそうという計画を立てた。

週に数ケースを扱うところからはじめて、しだいに注文をふやし、ついには二十ケースにまで拡大した。そこまでするには、ほかのホテル従業員に薄利で、ときには儲けなしで卸す必要があった。でも、それはそれでよかった。二十ケース分の売上げを丸ごと自分の儲けにする。最低三千ドルで売り飛ばして街から逃げる。取引き相手のギャングには、売掛金の回収をあきらめてもらう。

それがあいにく、ウィスキーの隠し場所が見つかって連邦禁酒法取締官に押収されてしまった。取締官は全部持っていったのに、報告した押収品は五ケース分。で、この官憲のささやかな背信行為は、わたしにとって金銭の損失よりも手痛い一撃だった。ギャングたちとの新しい取引きができなくなった。代金を払わない言い訳が立たなくなったのである。あたえられた選択は有り金をはたくか、頭を吹っ飛ばされるか……さもなくば、当然のように逃げるか。もくろんでいた三千の約三十分の一、すなわち百ドル足らずの金を手に、わたしは母とフレディを車に乗せて北をめざした。

目的地のネブラスカへ向かうわたしたちは落胆などどこ吹く風で、というのも、すでにお気づきかとも思うが、母方の祖父母がネブラスカの小さな町にいて、母とフレディは一時そちらに身を寄せることになっていたからである。ふたりとは準備がととのい次第、わたしが州立大学への進学を望んでいたリンカーンでいっしょに暮らすつもりだった。知人の編集者から指摘されたとおり、わたしは高等教育を受けることを切望していた。その彼には、いまたどっている進路から逸れないかぎり、きみは作家になるどころか破滅しかねないとも言われた。

軽快に飛ばしたのは五マイルないし十マイルのことだった。やがて、車は馬脚を露わした。エンジンから蒸気と煙が噴き出した。がたついて激しく揺れ、唸りをあげた。路肩に停めてボンネットをあけた。簡単に点検してみたところ、悲惨な事実が発覚した。

クランクケースにおが屑とトラクターオイルが詰まっていた。T型フォードの不治の病といえるクランクシャフトの摩耗をごまかすため、そんな細工が施されていたのだ。普通に修繕する程度では、故障がなおったところで数時間しかもたない。新しいシャフト、新しいベアリング、新しいロッドなどの部品類が必要だった。簡単にいえば――もうすこし金がかかるが――新品のエンジンが必要だった。

距離二百五十マイルのオクラホマシティまで二日かかった。しかも、手持ちの百ドルのうち約七十ドルを出費した。目的地までわずか四分の一の行程をこなすのに、三分の二あまりの金を失った。

こうしてうだるように暑い一九二九年八月の午後に、疲れた中年女性、疲れて腹を空かした小娘、疲れてどこか陰気な表情を宿した若者という、わたしたち三人は座りこんでいた。かつて一家が栄光をきずいた地で物乞い同然に、壊れたフォードに乗って。まぶしい陽光に目をつぶると、若く颯爽と着飾った父がビルから飛び出し、車体の低いアパーソン‐ジャックや大型のコール・エアロ‐エイトに向かって駆けていく姿が見えるようだった。みんなで車に乗り、天井が高く壁一面に本が並ぶ邸へ帰っていく場面。夕食の皿を出す料理人のやさしい顔。あの味――

わたしは目をあけた。母が顔をしかめていた。

「あなた、ずいぶんな言い方ね。母親と妹を前にして、たいした言葉遣いだわ」

「ぼくが何を言った?」とわたしは言った。「船《シップ》って言っただけさ。きっと愉快なんじゃないかと思ったんだ、ほら、船に乗って沖にさ――」

「ちがう!」とフレディが言った。「お兄ちゃんは、船なんて言ってないわ、ママ! お兄ちゃんが言ったのは、く――」

「いいから」わたしはあわてて車のドアをあけた。「行ってくるよ。幸運を祈ってて」

わたしが会いにいったのは、一九一二年にドイツからオクラホマにやってきた男性だった。入国書類に不備があり、エリス島で何カ月も拘束されるうちに第一次世界大戦が勃発、敵性外国人として勾留された。その件は父の知るところとなった。父は強力な政治のコネクションを使って男性を釈放させ、彼が市民になる道筋をつけてやった。しかも自立の手段がないだろうということで仕事まで用意した。油田用の大型トラック三台を買いあたえたうえで、そのトラックを法外な値段で借りた。また額面一ドルが百ドルに値上がりした石油株から手厚い〝ボーナス〟も渡した。父がなぜそこまでしたのか、わたしにはわからないし、本人が気づいていたのかも疑わしい。要はそれが父の――金を使い果たすまでのやり方だった。

というわけで、わたしは男性の事務所を訪ねた。建物の半分のフロアを占めていたその事務所で名前を告げると、すぐに奥の私室に通された。男性は随喜の涙を流してわたしの手をきつく握った。そして感情に衝き動かされたようにわたしを抱きしめた……どうしていままで連絡をくれなかったのか。お父さんはいま、どこの油田で操業されているのか。もしかすると、オクラホマに帰ってくることを考えておられるのか……男性は矢継ぎ早やに家族のことを訊ね、自身のことをとめどなく語った。妻と娘はヨーロッパにいる。息子はハーヴァードのプレップスクールにもどっていったところ。クラッセン・ブールヴァードに〝ささやかな家〟――前知事邸だった――を構えているので、ぜひともわが家へ――

わたしはようやく口をはさんだ。男性は同情するようにうなずきながら、こちらの話に耳をかたむけていた。その場にどこかよそよそしい空気を感じて、わたしは自分が敏感になりすぎていると思った。彼が何か妙なことをしたわけでも、しゃべったわけでもないし、人に物を頼むときのわたしは臆病に堕する気味がある。

もちろん、彼は力になると明言してくれた。それはそうだろう。わたしと会えたことをよろこび、こんな不幸のさなかにある母とフレディにも会いたがった。じきに車が迎えにくる予定だったが、まだおしゃべりする時間はあった。

ふたりで下まで降りた。男性は母とフレディにも、わたしと同じように温かく接した。じきに運転手が操る十二気筒のパッカードがかたわらに停まると、彼は名残惜しそうに別れの言葉を口にした。

わたしの手に紙幣を押しつけ、男性が飛び乗ったリムジンは往来に出ていった。わたしは紙幣に目を落とした。それを黙って母に渡した。母はわたしが車に乗るときも、ひたすらその紙幣を見つめていて、わたしは母のそんな茫然とした目色にたじろいだ。

「何かの間違いよね」母はゆっくり口を開いた。「間違いだと思わない、ジミー?」

「相手が友人なら、うっかりなんてことはないし」とわたしは言った。「相手が大切な人間なら、ちゃんと確かめてる」

「食事にするんでしょ?」とフレディから催促が来た。「あの人が五ドルくれたんだから」

2

わたしたちには寄る辺がなかった。助けを求められそうな、求めてよさそうな相手がいなかった。老いた祖父母に旅費を出してもらうわけにはいかない。数カ月間、母とフレディの面倒をみてもらうだけでも難儀なことなのだ。テキサスに残った父には金がなかった。結婚した妹のマクシーンは少女オーケストラと演奏旅行に出て、経済的にうまくやっていた。しかし、いまどこにいるかもわからないので連絡の取りようがなかった。

車のロッドを締めるのに八ドルかかった。わたしたちは前日に買ったシナモンロールを夕食にほおばりながらオクラホマシティを出た。進むしかなかった。留まることも、引きかえすこともできずに前進した。

市境を出るまえから、もうロッドが緩みだしていた。約三十マイル離れたガスリーに着くころ、車は例の調子でがたつき、オーバーヒートで這うような走りにもどっていた。どうにか街を抜け、はずれの長い坂を登った。その頂上を越えたとたん、脇道から一台の車が飛び出してきて、こちらの側面にぶつかった。

相手は装備もないフォードで、自家製ビールをきこしめした道路工事の作業員を満載していた。車はわたしたちの車をこすって電柱に衝突したあと、二回転した。投げ出された作業員たちは全員軽症ですんだが、車は大破した。わたしたちのほうも無事で、フェンダーとヘッドライトがもがれ、タイヤが一本パンクしたほかは無傷だった。

立ちあがった作業員たちは悪びれずに謝罪してきた。責任は自分たちにあるし、弁償したい思いは重々あるのだと言う。あいにく保険はないし、わずかな手持ちもビールを買って使い果たしてしまった、でも何かほかにできることがあれば……。

こちらで思いついたのはただひとつ。作業員たちはよろこんでそれに賛同した。われわれは二台の車を結束させ、惰性で丘を下って修理工場まで運んだ。作業員があらためて善意をしめして去ると、あとは整備工ふたりが引き継いだ。壊れた車からクランクシャフトと付属品を移し換えた。ついでにバッテリー、ヘッドライト、タイヤその他の部品もいただいた。

作業は夜通しつづき、翌日の午《ひる》までかかった。代金は四十一ドル。むろん払えるわけもなく、わたしは工場の主《あるじ》に向かってポケットを引っくりかえしてみせた。とにかく、道路作業員の車から使える部品を取れば、損を補ってあまりあるだろうと指摘した。すると主はむっつりした顔でこちらの手持ちの現金を受け取り、給油をしたうえでわれわれを旅に送り出した。

その晩は道路沿いに車を駐め、失敬した若いトウモロコシを焼いて夕食と朝食にした。

翌日、カンザスの州境を越えてまもなくガス欠になった。通りすがりの運転手から（〝給油所まで行けるだけの〟）分を〝貸して〟もらった。それが尽きると、また別の車を停めて同じように〝融資〟を受けた。そんなふうに十、十二、十五マイルと刻みながら、わたしたちはカンザスをのろのろ縦断した。

トピーカ近郊の農場で配管仕事を半日やり、その稼ぎでネブラスカとの境あたりまで行った。だが、あと数百マイルといった地点で先へ進めなくなった。車の潤滑系に問題が起き、オイル交換が必要になったのだ。わたしたちはすっかり消耗して、胃の痛みに悩まされていた。旅に出て一週間あまり、まともに休んだことはなく、口にしたのはそれこそ生か生焼けの野菜ばかりである。どうにかして金を工面する必要があった。

車が停まった小さな村で、母はどこかの家庭の洗濯をやれば一、二ドルは稼げると言いだした。しかし、こんな場所に家事仕事などあろうはずがなく、よもやあったにしても、母にそれをこなす元気が残っているようには見えなかった。わたしも、さすがに働き口はないだろうと思いながら、車を降りて周囲を眺めた。

十分ほど歩きまわり、訪ねてみた会社にはことごとく追い払われた。脇道にそれた側溝で煙草の吸い殻を拾い、火をつけた。歩道と車道の間に日除けの木があった。そこにもたれて猛然と煙を吸いこみながら、向かいの飼料倉庫の壁をぼんやり見つめた。その壁面をほぼ覆うほどの、派手な色をつかったポスター――二十四倍の特大サイズ――は、隣町の劇場で出される催しの宣伝だった。わたしは〈一夜限り〉に〈ブロードウェイ直送〉という陳腐な文句から、イヴニングガウン姿で列をなす笑顔の娘たちまでを目で追っていった。

その端に立つひとりが気になって――ヴァイオリンの奥の顔を覗いた。

妹のマクシーンじゃないか！

わたしは思わず歓声をあげた。

鉄道駅から受取人払いで電報を送ると、マクシーンからうれしい返信が来た。二日後、わたしは母とフレディを祖父母のもとに残し、リンカーンへ行った。

そこでまた失意を味わうことになった。車を売り、その代金で仕事が決まるまでしのぐつもりでいた。とはいえ、まだ夜が明けきっていなかったので、レストランの洗面所で身なりをととのえ、たっぷりの朝食を楽しんだ。一時間ほどして、自動車販売店が開くころを見はからって車にもどった。

警察が車をレッカー移動しようとしているところだった。どうやらリンカーンでは夜間の駐車が法規違反らしく、それはよそ者にも例外ではなかった。車を取りもどすには、罰金にレッカー代と保管代を足して払わなくてはならないという。

この通告を、渦巻く感情に喉を詰まらせながら耳にすると、わたしは不意に電柱に寄りかかって高笑いをはじめた。レッカーの作業員たちが不審の目を向けてきた。彼らがトラックに乗って車を道連れに走り去り、わたしはスーツケースに座りこむと肺が痛くなるまで笑った。

あの車——どうにも忌々しい、悲惨で無残なあのフォード！　それを警察は、わたしが金を出して取りかえすものと思いこんでいる。連中はわたしの頭がおかしくなったと思っているのだ！　わたしの頭が！

まあ、そうだったのかもしれない。あの車と十日間、一千マイルも付きあっていれば、それも不思議ではなかった。

わたしはその日と翌日、翌々日をソーダとサンドウィッチ売りとして働いた。そこそこ儲け、無料の食事で元気をつけてから、仕事を辞めて大学へ行った。テキサスの編集者の友人が書いてくれた紹介状を出すと、それを受け取った事務職員はとても親切に応対してくれたが、なんの助言もなかった。自分は金を出せないし、大学としては、ずばぬけた学業成績をもつ学生以外に援助はできない。もしや作家にでも……書くことに興味をもつ教職員の誰かに話を通せば……。

この当時、大学の副学長は〈サタデー・イヴニング・ポスト〉をはじめ、部数の多い雑誌に寄稿していた有名な作家、ロバート・プラット・クロフォードであった。わたしはその評判だけは耳にしていたし、むこうは当然、こちらのことなど知るはずもなかった。でも、わたしは本人に会いにいった。そして地方の雑誌に載った短篇をいくつか見せたうえで、ローンを申し込んだ――学期の授業料に教科書代、それに数ドルを予備に足した額を。

クロフォード博士はいくぶん驚いたふうだった。しばし絶句したあと、博士はこちらの要求をもう一度聞きたいと言った。わたしはくりかえした。善良な博士はほっとしていた。この事務所の音響はとかくお粗末でね、とこぼした。全面的に改装しなきゃいけないのかと、まえから心配していたんだが……すこしきみのことを話してもらえないか。きみの学歴について？　はっきり言って、きみがハイスクールを出て何年も経っている。いまになって大学に進学しようという理由と、この大学を志望する動機は？

わたしは最初、緊張のせいでぶっきらぼうに答えていたが、やがて博士の笑顔と相づちに励まされ、しだいに口も軽くなっていった。しゃべりつづけるうちに、博士は膝を乗り出してくるようになり、話はわたしの人生で起きたさまざまな出来事にもおよんだ。ホテル業界からあわてて脱け出した事情を説明するには、まず業界にはいった経緯からはじめなくてはならない。そうするとバーレスク劇場と娼婦たちの宿敵、アリー・アイヴァーズについて語ることになり、そこからまた別の話へとさかのぼっていく……。新聞社の仕事に酪農体験、春画の市場を独占しそこねたり、富豪の息子という高い位置から大きくはみ出してしまったこと……。

クロフォード博士は笑みを浮かべた。くすくす笑った。椅子に背をもたれて哄笑した。ひと息つくと、きみには物書きとして大いなる才能がある、それ以上に、学者としても間違いなく最上級の素養が具わっていると口にした。資金の援助を受ける権利があるだろうと言った。そして札入れを出して援助を実行に移した。

ありがたく金を手にしながら、どこか信じられない思いもあった。自分のことを開けっぴろげに語ってしまっただけに、墓穴を掘った気がしてならなかった。一見、不可能にみえることをやってみて、やはり方法はこれしかなかったのだと思った。金を引き出そうとする相手こそ騙してはならない。相手が金を持つ身、こちらが持たざる身で、頭の賢さは少なくとも同等、おそらくはむこうのほうがはるかに上という場合には。

クロフォード博士は、わたしが借用書を書くと言っても聞かなかった。「そんなものが必要かね?」という言葉によって、もうひとつの単純な真実が突きつけられた……そんなものが必要か。ある男が差し出せる唯一の担保が言葉なら、わざわざ署名など要るのか。

授業料を手にしたわたしは新聞社、ラジオ局、広告宣伝の代理店のアルバイトに応募することにした。どれも文学的な才能が必要となりそうな働き先である。服は高価なものを着こんだ。かつて飛び込んだ金回りのいい世界では、頭から足の先までめかしこまねばならなかったし、自前の衣裳は数百ドルの元手がかかっているとわかるものだった。

応対に出た会社の重役連は、わたしのことを会社の大株主か、それをめざす男だと思ったただろうか。こちらの訪問の卑しい真意を知って、多くは無愛想になり、あからさまに不機嫌な態度をとる者もいた。そもそもきみを雇う理由などあるか。元ベルボーイ、元油田労働者などを転々として、新聞社勤務の経験は数ヵ月、つまらない原稿数本を売っただけのきみに何ができるんだ？　もっと出来のいい人材がただで手にはいるんだぞ。ここリンカーンには大学を出て――ジャーナリズムの学位を持ち――もっぱら実践経験を積むために、給料なしで働きますという連中がいた。

面接が終わるころには落ちこんで、羞恥心に苛まれたりした。いや、それどころか吐きそうになった。とんだ災難にもうひっきりなしに見舞われ、二十二歳の面の皮は厚くなるどころか擦り切れていった。自尊心に一発食らうたびにわたしはたじろいだし、どのパンチも重くて速かった。

やたらに頑固で――しかもはっきり愚かだったわたしは、まるで望みがない職探しをつづけた。そしてついに、これが最後と思っていた先で成功らしきものに出会えた。

そこは農業雑誌だった。やさしい視線を向けてきた若い編集者がふたり、わたしが大学に入学するのを確かめると意味ありげに視線を交わし、そこからはわたしを熱心に取り込みにかかった……きみはテキサス出身か？（ここで四十ドルしたわたしのボルサリーノの裏地を感に堪えたように覗きこむ）。で、仕事を探してるんだね？（輸入物のツイードのトップコートのラベルに目をやる）。そうか、なるほど。だとすれば、ある程度は自立してキャンパスでもそれなりにやっていける。で、もちろん——訊くまでもないが——はいったのは農業大学だね？

「そんな、まさか！」と答えたわたしは、ふたりの傷ついた表情を認めた。「そんなふうに見えますか？　ぼくは美術専攻ですよ」

ふたりは頭を振った。きみはとんでもないあやまちを犯したな、と言った。美術なんて誰もやらないぞ、ただのひとりもね。だいたい、あんな学位に価値はないよ。理容学校の免状をもらうのといっしょだ。とにもかくにも——われわれがすぐに手を打つから——農業大学に転籍すること。そっちに移っても、ジャーナリズムだって英文学だって好きなだけ学べるんだ。しかも農学士を取れば一生食いっぱぐれがない。医者に勝るとも劣らない。

それから数カ月、わたしはこの青年たちにさんざんな目に遭わされたが、ここではあえて——不本意ではあるけれど——彼らの言葉に偽りはなかったと言っておく。農学士の学位を持っていればかならず仕事があるし、かなり高額の初任給が取れるだろう。そうやって先が約束されるのは学位があるからなのだ。そもそも大事なのは農場育ちで、農業青年クラブの活動に積極的に参加すること。農業高校に入学すれば、それがまた役立つことに気づく。そうして農業大学——ネブラスカは世界でも有数の学校だ——に進学し、さらに科学カリキュラムで研鑽を積む。やるのはそれ自体、相当に厄介な物理学ではなく農業物理学。たんなる植物学ではない農業植物学。と、そんな具合に。じっさい、どの科目も実習である。顕微鏡を覗いたり計算尺を使ったりしないときにはメスを手にし、病んで悪臭を放つ動物の内臓を切り分けたりするのだ。

だいたい、わたしはそんな大学には、いってみれば神学校ほどの縁もなかった。で、もちろん入学はした。というか、ふたりの編集者に入学させられた。それでもむこうもわたしと同様に後悔したのではないか。農学部内の友愛会の〝勧誘〟委員会の一員でもあったふたりは、わたしが金づるになる、つまりは持ってこいのカモだと見込んだ。夕食をしようと彼らの〝家〟に招かれ、気がつけばわたしは友愛会に入会して農学部の学生となっていた。

映画で言うところの一夜が明けると、激しい悪態と非難の応酬になった。わたしはペテンにかかったと感じた。友愛会の兄弟たちも同じように感じていた。しかも問題を正すには手遅れだった。われわれはおたがいに耐えて折りあっていくしかなかった。

彼らはわたしが課程を修了できるようにと、何かにつけ勉強を押しつけてきた（落第した学生は友愛会にいられなくなるのだ）。でも、当然ながら仕事は回してくれない。わたしのような農業はからっきしの男に、それは望むべくもないだろう。職探しは自分でやるしかなかったし、選り好みしている場合ではなかった。友愛会の会費と分担金で、生活費が約三分の一もふえてしまったのである。

結局のところ、わたしはネブラスカ大学農学部で、おもには学部内ではあるけれど素晴らしい友人をつくることができたし、農業についてもかなりの知識を学んだ。だが最初の数カ月は惨憺たる時期だった。誰かまわず人を憎んだし、憎いと決めてかかった。誰からも憎まれている気がした。わたしは不安と失望と、嫌悪と自信喪失の渦のなかで生きていた。そんななかで最初の仕事を――葬儀社の夜間の受付をはじめた。

4

勤務は夜の六時から朝の七時までだった。給料は月五十ドル。仕事の内容はおおむね電話の応対と、たまに愛する故人に会いたいと訪れてくる弔問客の受け入れに限られた。店舗で寝ていいことになっていたし――それで部屋代の節約になった――、勉強する時間もたっぷりあったので、傍目にはいい仕事だった。だが臆病で空想癖のあるわたしにとっては、ちょっとした悪夢であった。仄暗く、不気味な静寂のなかでは眠れない。読書にも集中できない。過敏になった神経はつねに皮膚から飛び出す寸前で、救急車の運転手をやっていたビルが背後から忍び足で近づいてきて、幽霊のごとき声で呼びかけようものなら、それこそ天井に届くぐらい飛びあがった。

わたしと同じ南部出身の学生だったビルも夜勤だった。やはり時間を持てあまし、こっちの邪魔をしにくる以外にはたいてい柩を保管する地下室にいた。おまえも下に来ないか、とビルは言った――柩はきれいに詰め物がしてあって、最高のベッドだぞ。しかも平和そのもので、静かで快適な墓にはいってる気分がするから。

「おれに付きあえよ、ジム坊や」ビルの誘いは熱心だった。「このビルの親爺がおまえをちゃんと納めてやるから。全部あつらえてやるよ——でかいブロンズ製の、そりゃ重い蓋付きのやつをね。いいか！　おまえがあのなつかしの柩におさまって、おれがあのなつかしの蓋をしめりゃ、あとはもうすっかり安らかだぜ……」

わたしはビルの悪ふざけにぞっとしたし、戸惑っていた。そんな気が滅入る環境で、ずっと浮かれっぱなしでいられるなんて納得がいかなかった。柩はともかくとして、地下に何か気散じがあるんじゃないかとの思いが湧いてきた。

ある晩、ビルがわたしに手を置き、〝なつかしの棺桶〟にはいれとしつこく迫ってくると、わたしは彼の両肩をつかんだ。身体を手前に引き寄せ、息を吐いてみろと命じた。ビルは気まずそうにへらへらしながら息を吐いた。

「誰にも言わないでくれよ、ジム」とビルはすがってきた。「こいつがばれたら、ボスの癇癪玉が破裂する」

「案内しろ」有無を言わせなかった。「時間の無駄だ」

ビルは先に立ち、地下のいちばん奥まで行った。そして埃をかぶったパイン材の柩のなかから二クォートの自家製ビールを取り出した。住んでいる下宿の女主人が仕込んだとかで、仕事に出るときに毎回かなりの量を持ち込んでいるらしい。

わたしたちは飲んだ。ビルが期待の面持ちでこちらの顔を覗きこんできた。

「悪くないな」とわたしは言った。「まあ、ちょっとぬるいけど」

「悪くない、ちょっとぬるいけど!」ビルは叫んだ。「いかにもテキサス人らしい言いぐさじゃないか。かならずどこかを貶してみせる!」

「いや、やっぱりぬるいな。レストランで氷をバケツに一杯買ってこないか? 金はおれが払う」

「だめだって!」ビルは目を白黒させた。「それじゃあ何事かって思われるし、だいいち——待てよ! いいことを思いついたぞ、ジム坊や」

「ほう」

「そうさ。仲間の関係になったからには、おれたちに遠慮はいらないな」

ビルは説明した。わたしは喉を詰まらせ、手にした壜を落としそうになった。

「かんべんしてくれ」わたしは言った。「そんなのはだめだ! それは——ああ、それはよくない」

「礼を失するってことか? だったらエジプト人はどうなんだ——やつらは死人にたいしてずいぶん敬意を欠いてると思うけどな。中国人は? やつらの文明にはみごとな伝統があるぞ」

「まあな、でもそれとこれとは話がちがう」

「ああ、ちがう。やつらが死者のまわりに置いた物は役立たずだった。こっちはそうじゃない」

ビルはぬるいビールが好きなら飲んで、厭なら口をつけなければいいと講釈をつづけた。そして柩から残っていた壜を集めると、階段をゆっくり昇っていった。

わたしは後を追った。ビルは冷却室にはいった。壁に組み込まれた二本の長い引出しの一本を手前に引き、凍った死体の周囲にうやうやしくビールを並べはじめた。わたしがその手から壜をもぎ取ると、ビルは蔑むように笑った。

「どうしたんだよ、ジム。ほら、ここに寝てる素敵な爺さんを見てみな。困ってるか？厭がってるか？　これはどう見たってよろこんでる——さんざん飲《や》ったくちだぜ」

引出しの住人がそんな風体をしていることは、わたしも認めざるを得なかった。愛想のこもる赭ら顔は、いわゆる〝悪魔のラム〟で呑んだくれの勝負をしてきたことを物語っていたし、まわりに置かれた壜は不釣り合いどころか、ある意味正しい感じがした。ビールに囲まれているほうがはるかに自然に見えたのである。

とはいえ、厭なものは厭なのでそう言った。まあ、抗議する方法がそれしかなかったのだ。たかが品性に欠けた程度で、ビルのことを上に告げ口するわけにはいかない。

長い夜が過ぎた。翌日の夜、ビルは一クォート壜を一ダース持って出勤してくると、四本をわたしに手渡し、残り八本を〝素敵な爺さん〟の冷えた個室にしまった。その後は救急車の要請が来て、ビルは九時過ぎまで外回りだった。夜間用のベルが鳴ったとき、わたしは礼拝堂でぬるいビールを半ガロン飲み、あと半ガロンは脇に置いて気分よくうたた寝していた。

壜を椅子の下に押しこむと玄関に出た。

訪ねてきたのは中年女性ふたり、男性がひとりの三人だった。州外から着いたばかりで、この夜のうちに帰らなくてはならないらしい。疲れて不機嫌、切羽詰まった調子で、あの人の亡骸に対面させろと言った。

わたしはしどろもどろで間の抜けた言い訳を口にした。三人に椅子をすすめながら、いまはわたしひとりしかいないので、あの、その、規則では——と口ごもった。

奥のドアが開いた。ビルがクォート壜をあおりながらはいってきた。「冷たいのをどうだい、ジム坊や？　爺さんのご機嫌をうかがって——」

ビルははっとして言葉を呑んだ。三人から目を移し、わたしの歪んだ顔を見て恐ろしい真実を悟った。そして、なんと愚かにも――その行動はわたしにもよく理解できるが――背を向けて逃げた。

仏頂面の弔問者たちは後につづいた。

こうなると、たとえ慌てふためいてなどいなくても、七クォートのビールは簡単には処分できない……このビルの場合がまさにそうだった。握った指から罎が離れた。無理やり隠そうとしたシャツのなかから滑り落ちた。床に当たって割れた一本以外は、いましがたまでその面倒をみてくれていた主の胸もとにもどった。

かくして弔問客は故人に面会した。女性陣が悲鳴をあげた。男性は呪いの言葉を吐き、鞭で打ってやると脅してきた。部屋を出ていった彼らは電話をかけ、二十分もすると葬儀店の経営者が姿を現わした。

ビルとわたしはその場で馘になった。

以来、酒は飲んでも、なぜかビールに執着することがなくなった。

5

つぎの仕事はベーカリーだった。勤務時間は週五日が午後六時から深夜十二時まで、さらに土曜日と日曜日が全日。給料は週十二ドル。作業はきつく、ほとんど途切れることがなかった。

わたしが担当したのは、貯蔵室で必要に応じてさまざまなパンの材料を混ぜあわせるという、いわゆる〝分量屋《バッチマン》〟である。パン焼きの職人などは仕事の合間に休憩できたけれど、わたしには一服する暇もなかった。昼と夜の職人両方の〝お膳立て〟をしなければならなかったのだ。パン種をひとつ出したと思うと、別の種をくれと声が飛ぶ。パン生地、菓子生地、ケーキ生地、パイ生地、詰め物、トッピング、アイシング、フロスティング、卵液、油ときりがない。

作業は骨が折れるどころか――わたしの言葉が信じられないなら、ラードの大樽に九十八ポンドの小麦粉、百八十ポンドの塩を実際にさばいてみてほしい――辛いのひと言に尽きる。ちょっとしたミスも許されなかった。これやあれが数オンス多かったというだけで、何百ドル分もの生地が台無しになってしまう。ここまで難しく要求の厳しい作業なら、もっと金をもらってもいいと感じた。

店の経営者に掛けあってみると冷たい目でじろじろ見られ、いまに不況が来るんだし、応募者の長い順番待ちリストもあるんだと言われた。そんなに不満で割に合わないと思うなら……。

わたしは大満足ですと答えた。この仕事が好きだし、給料は多すぎるぐらいで。邪魔してすみませんと平身低頭で謝った。

この職は結局、めぐりめぐって大金をわたしにもたらした。業界誌に数々の記事を書く際の原資料となり、九作目の小説『残酷な夜』の背景にもなった。いま思えば、ベーカリーで働いていたときは、しめて毎週数百ドルの実入りがあった。でも、それは後のこと――小説に関していえば二十年あまり後のこと――で、当時はまるでいいことがなかった。家賃その他の出費を合わせると、七日間で受け取る十二ドルでは話にならない。

友愛会をやめることも考えた。しかし、それには煩雑きわまりない手続きを踏まなくてはならず、そうするわけにいかない理由もあった。わが〝兄弟たち〟の欠点を指摘するのは訳もないことだが、学識の欠如はそこにあてはまらない。わたしには学問的な援助が必要だったのだ。少なくとも当面は、それなしにやっていけなかった。あまつさえ、学部の卒業生を多く輩出している〝家〟と縁を切るのは得策とは思えなかった。

食費がいちばんの出費だった。重労働のせいでわたしの食欲はとどまることを知らず、いくら食っても食い足りない感じがした。といって、ほかに切り詰めるところがないので食費を削った。排除したと言ってもいい――そのかわり、貯蔵室で食べられるものをあれこれ腹に入れた。あのころの自分がこしらえた代物を思うと、いまでも気分が少々悪くなる。

基本は、機械で〝型くずれ〟してしまったパン。付け合わせ（とでも、べつに好きに呼んでもらってかまわない）はというと、凍った生卵とラード、ミンチと麦芽シロップ、または食用油、細かく刻んだチョコレート、キャラウェイシードにレーズンなどを混ぜた実に奇妙なもの。それらでサンドウィッチをつくって仕事中に食べ、帰るときにはこっそり持ち出すのである。よく胃がむかついたが、そんなときにはレモンやバニラを使った強いカクテルで抑えこんだ。

こうして、わたしは数カ月を生き延びた。が、大学の中間試験をどうにか切り抜けた直後、急性虫垂炎になった。

病院に運ばれ、六日後に退院したわたしには盲腸も金も仕事もなく、かなりの借金だけが残った。そんな境遇でも気分はよかった。ここまで落ちたら、あとは上向くだけだという気がしていた。実際、そうなった。

6

それまでのわたしは、安定した給料を取れる仕事以外は鼻にも引っかけなかった。ところが、そういった職は見つからず、こっちで数時間、あっちで数時間といった具合で来るものは拒まず引き受けるようになった。そんな半端仕事では、儲けより出費がかさむこともあった。たとえばカフェテリアの給仕助手のときは、割ってしまった食器を弁償するのに六十時間を費やした。とはいえ、その手の仕事はすこしずつ省き、新しいものと入れ換えていった結果――さほど時間を経ずに――わりと払いもよく、ほどほど気に入ったいくつかの口にしぼることができた。

英文科のレポート読み。リンカーンの〈ジャーナル〉紙に掲載される学内ニュースの執筆。歩合制のラジオ販売。ダンスホールのフロアマネジャー。たしかに、どれも不定期で週に七、八時間の仕事だったが、それで稼げる総額はベーカリーで働くより多かったし、やがて街を忙しく行き来するうちに固定給の職場が見つかった。そこは中西部に系列を持ち、割賦販売をおこなう小さな百貨店だった。勤務は平日が正午から六時までで、土曜日は終日。給料は気前よく週に十八ドル。このスケジュールに合うように、わたしは授業を組みなおした。

仕事の掛け持ちをしてから、つづく何カ月かは休みもやすらぎもなかった。十二時まえに寝ることはまれで、大学の七時の授業に出るのに朝まで起きていた。それでも、ほかにやることがあれば眠らなかったわけだし（いまもそうだ）、終わりのない仕事の日々には見返りがありあまるほどあった。

母とフレディとの同居がかなった。家族で広い家に住み、人に部屋を貸して家計の足しにした。勉学に励んだわたしの成績は上昇しはじめた。生活の心配が多少は減り、勉強にそれ相当の金と努力を注ぎこんだぶん、身がはいるようになった。また自分のために、フリーランスで書くことも再開した。これにも力を入れた。その結果、農業雑誌に連載の短篇が数本、文芸季刊誌〈プレーリー・スクーナー〉に短篇が二本売れた。未来への展望が、ほぼ一夜にして暗から明にひらけた。

百貨店では回収担当の文書係として働いたのだが、直属の上司が信用調査部長のダーキンという男だった。わたしたちはおたがいに一目置いていた。ろくに読み書きのできないダーキンは、わたしのことを文章の名手だと思っていた。わたしはそう信じて疑わないのはダーキンの慧眼だと思った。敬意を払いあうという関係はやがて破綻を迎えるのだが、蜜月は当分つづいた。この時期、しっくりいっていた間柄で唯一揉めたとすれば、未成年だったテキサス時代の、悪戯好きで手癖の悪い盟友アリー・アイヴァーズとの再会をめぐってのことである。

それは静かな夏の宵のこと、仕事帰りのわたしはのんびり家路に向かっていた。交差点を渡ろうとしたわたしをかすめるように、一台のタクシーが通り過ぎた。タクシーはUターンしてもどってきた。まっすぐこちらに向かってくる車はコントロールを失っている様子で、わたしが歩道に駆けもどっても縁石に乗りあげて迫ってくる。ぎょっとしてまた車道に飛び出し、必死で逃げようとしてつまずき、地面にぶっ倒れた。そこへ横づけしたタクシーの窓からアリーが顔を出した。

「ひどいざまだな」とアリーが言った。「いい若者が溝に這いつくばって！」

まあ、アリーのことはずっと好きだったし、その付き合いのなかでおかしなこともあったにせよ、彼と会えたのはうれしかった。で、控え目に悪態をつきながら車に乗りこむと、警察に因縁をつけられそうな武器などをアリーが隠し持っていないか、それを真っ先に確かめた。

アリーは一パイント入りのウィスキーをよこした。自分でもう一本栓を開けると車を出し、近況を語りだした。それによると、わたしが去ったあと、アリーもほどなくテキサスを出たという。警察は穿鑿《せんさく》してくることもなく、それどころか、しばらく旅に出てくれたら八方が丸くおさまると仄めかしてきた。アリーはその提案に乗るのが無難と考えたのだ。北上して、〝二十ドル〟札の釣り銭詐欺など、せこい儲け仕事を働きながらオクラホマと中西部を抜けた。懐が暖かくなり、〝働く〟必要もなくリンカーンに着いてからは、気晴らしにタクシー運転手をやっていた。朝には街を出るつもりだった。それで今夜は……。

その夜に計画したお楽しみについて、アリーは大まかに話した。わたしは素気なく、断固として、仲間に引き入れないでくれと言った。

「どうしたんだよ」アリーは媚びるような声を出した。「おれと友人のレディを車に乗せてくれって頼んでるだけだぜ。そいつの何が問題なんだ?」

「何もかもが問題さ!　だいたい、こっちはタクシーの免許を持ってない」

「だからどうした。免許なら一ダースもある。買った男がどっさりくれた」

「いまは議論するつもりはないな、アリー。こうして会えたのは死ぬほどうれしいけど、はっきり断わる――」

アリーは泣きついてきた。悲しみに堪えないといったふうにわたしを責めた。これがおれの弟子だった若造の言いぐさか——バーレスク劇場のキャンディ売りの身分から救い出してやったのに？　旧友のちっぽけな頼みにも耳を貸さないような、お高い人間になっちまったのか。

「質問にひとつだけ答えろ」とアリーは迫った。「おまえはこのタクシーを運転するのか、それとも馬鹿野郎になる気か？」

話しながら、飲みながらのドライブがつづいた。わたしは揺れていた。本物のウィスキーを味わうのはおよそ一年ぶりだった。勤勉な模範生をもう何カ月も演じて、生活に飽きが来はじめていた。大学は秋学期まで休みだ。退屈な日課を離れて、すこしは自由時間があってもいいんじゃないか。

「ああ、わかったよ」わたしはついに言った。「でも、荒っぽいのはごめんだぞ、アリー。きれいにやると約束してくれ」

アリーはかぶっていた帽子をわたしの頭にのせた。言うとおりにすると請けあった。

「そっちも約束しろよ。いまから迎えにいくのは洗練された若いレディだ。彼女をカントリークラブのダンスに連れていく」

「冗談だろう」わたしは笑った。

「見てろって」とアリーは言った。「そうだ、そこのドラッグストアで停めてくれ。彼女に葉巻を喫わせるから」

わたしは車を縁石に寄せた。唖然としてアリーを見つめた。「葉巻！　喫わせるって、まさか——」

「ハバナだ」アリーはつぶやいた。「言ったろ、彼女はそりゃもう洗練されてるんだって」

アリーがドラッグストアでぐずぐずしていたのは、わざとだったんじゃないかという気がする。彼がようやく店を出てきたころ、わたしは最初の一パイントを飲み干していて、それとともにこの遠征にたいする恐怖も興味も失せていた。

指示された行先は、街のとりわけ醜悪な地区だった。言われて車を近づけた家は、ペンキも塗られていない掘っ立て小屋で、アリーはそこでまた車を降りていった。五分もその家にいただろうか、アリーはいまだかつて見たことがないほど肥って醜い女を連れて外に出てきた。

女の巨大な脚はむきだしだった。大頭からモップの先のような縮れ毛が伸びている。テニスシューズ（爪先が切ってある）に灰色の汚れたホームドレスという恰好だった。

ふたりとも葉巻を喫していた。

アリーはおぼつかない足取りの女に手を貸すと前庭を横切り、しきりに甘いねぎらいの言葉をかけながら座席に座らせ、自分も隣りに乗りこんだ。

ドアがしまった。後部の仕切りカーテンが下りた。

「ジェイムズ」とアリーは言った。「クラブまでやってくれ」

「クラブまで」わたしは慇懃に返して車のギアを入れた。

目的地は郊外に数マイル行った場所にあった。到着すると、まばゆく照らされた玄関に乗客を吐き出そうとする、タクシーや自家用車の長い列ができていた。わたしはその最後尾につき、車をじりじり前進させた。玄関に近づくにつれ、後部座席からは大騒ぎの――それはすさまじい――声が聞こえてきた。

後ろで何が起きているのか、おおよその見当はついたものの、それがどこまで発展しているかはわからなかった。だが、いまやすっかり昂揚したわたしには、乗客に注意をうながす理由も、現在地を告げる理由も見出せなかった。アリーはクラブに行きたがっていた。だからそう、彼と友だちのレディをここまで連れてきた。後はふたりで決めること。〝レディ〟にしても現在の状態がどうであれ、元の姿よりひどいということはないだろう。

タクシーは一度に車一台分ずつ前進していった。酒でかすむ華やかな光のなかで、わたしは眼前の壮麗な絵巻に見入った。燕尾服やタキシード姿の男たち、イヴニングガウンを着た女たち。彼らは派手に装飾された天蓋の下にひしめき、広い階段を昇ったり降りたりしている。笑ったりしゃべったりしながら、新しく客が到着すると挨拶を交わす。前にいた最後の車が走り去った。わたしは車を移動させた。ドアマンが如才なく歩み出て、後部のドアをさっと開いた。呻き、喘ぎ、悪罵——そして鈍い衝撃。

驚きの視線が集中する玄関に向かって、アリーとレディが転がり落ちた。ふたりは葉巻をふかしていた。どちらも全裸だった。

わたしは声もなくふたりを見つめた。そしてドアから滑り出て反対側へ走って逃げた。

7

翌年の早春までは非常にうまくいっていた。それが、わたしを雇ってくれた店長が馘になり、何もかもが悪いほうへ転がりだした。前の店長は物静かで紳士的、その仕事なりに誰にたいしてもやさしかった。後任の男は厚かましい大口叩きで——わたしの知るかぎり、不愉快このうえない人間だった。着任初日、わたしはデスクにたどり着くまえからこってり油をしぼられた。

「きみは女をふたり囲ってるのか」と部長は居丈高に言った。「おれが知りたいのはその方便だ。きみの稼ぎで、どうやって売女たちに物を買ってやるんだ?」

「買ってやるって、誰に——誰にです——?」わたしは呆気にとられて部長を見た。むこうが何を話しているのか見当もつかなかった。

「いままで金をくすねてきたんだろ? やめたほうがいいぞ。売女たちに物を買ってやりたいからって、そいつらをきみの口座の連帯保証人にして。いいか、偽名は通用しない。母親と妹だなんてでたらめは」

そこでようやく相手の主張がはっきり理解できた。だが、わたしは一気に湧きあがる怒りを抱えながら、その場から睨みかえすばかりだった……。母とフレディ。男はわたしの不正を責めたその口で母と妹を売女呼ばわりした。

ここまで殺意をおぼえたことはなかったと思う。

むこうはわたしの感情を察したらしい。

「そうか」――と、ばつが悪そうに笑ってみせて――「どうやらこっちの誤解だな。悪気はなかった」

わたしはなにも言わなかった。言えなかった。店長は謝罪の言葉をあとひとつふたつ、渋々口にしてわたしをオフィスから追い出した。

大学の授業が終わるのが午前中の十一時五十分で、正午には出社しなければならない。するとほかの従業員並みの昼休みは取れないので、午後に銀行へ預金しにいくついでに軽く何かをつまんだりしていた。それもせいぜい数分のこと――サンドウィッチをコーヒーで流しこむ程度の時間である。ダーキンにしても前店長にしても、そこは大目に見てくれていた。

新店長は数日間ほとぼりを冷ましてから、それをやめろと言った。

食おうが餓えようが、そんなことはきみひとりの問題だ――そうだろう？　きみが午前中の最後の授業を落とそうが、昼を食い損なおうが、それはきみが決めることだ。こっちが気にするのは、勤務時間にきみを〝サボらせない〟ようにすることでね。「とにかく、もらいすぎなんだよ」と店長は不平を鳴らした。「きみに払ってる金で、正社員だって雇えるんだからな」

なにしろ、学期末までは仕事をつづけなくてはならない。わたしは憤りを抑えた――そして、その後は昼食抜きにして――つづく惨めな日々、相手の侮辱と傲慢な態度に甘んじた。辛酸をなめるわたしには仲間が大勢いた。店長の粗野なふるまいは、わたしばかりか他の従業員にもおよんでいたのだ。この店長の意にかなう者はいなかった。いつでも自分が販売や信用取引での面談を〝横取り〟して、〝無能な連中〟(わたしたち)にそのさばき方の手本をしめそうとする。で、販売や面談がなにかと不首尾に終わると激怒する……。まったく、きみらはまともな商売ができないのか。きみらの分まで私に押しつけようっていうのか。

信用調査部長のダーキンはまともな重役だったが、わたしたちと同じ憂き目に遭っていた。だが、傷つけられることがあっても恨みつらみは表に出さなかった。ダーキンは、新任の店長には成功をめざしてあらゆるチャンスがあたえられるべきだと言った。命令を出すのが店長の仕事で、われわれはその命令を良心に恥じない範囲で実行する。経営とはそういうものなんだと。

「あの人に悪意はない」ダーキンはわたしにそう断言してみせた。「つまりだ、ここで働くわれわれは同じ目標を見てる。みんな、店が最大の利益を出すように願ってるんだよ」

わたしは店長には悪意があり、自分の利益しか考えていないと確信していた。でも、ダーキンとは議論しても無駄だとわかってもいた。仕事以外では頭が冴えているとはいえないダーキンは、まさしく会社に忠誠を誓う男だった。彼のなかで、姿を見せない経営者たちはちょっとした神なのである。神のやることにはかならずや意味がある、ゆえにここに遣わされた店長の行動も……。ダーキンにとってはそこで完結していて、この状態は初夏の、学期末の二週間まえまでつづいた。やがて……

新規の客を獲得しようと、店長がセールスレターを書いた。それをガリ版で刷って郵送する担当だったダーキンが、わたしにその文章を見せた。

「きみはライターだからな、ジム」とダーキンは言った。「この手のことはよくわかってるだろう。それをどう思う?」

わたしは読んで頭を振った。使い古しのキャッチフレーズが満載で、内容がまったく伝わらないうえにやたらと厚かましい文章だった。これではわれわれが商品を提供しているとは信じてもらえまい。商売を通じてひたすら〝リンカーンの善き人々を助け〟、みなさんの仲間や相棒になりたいと願っているとは信じてもらえないだろう。

「これは屑もいいとこです」わたしはダーキンに言った。「これで店がつぶれなかったら、つぶれるとこなんかないですよ」

「ええっ?」ダーキンは顔を曇らせた。「そいつは本当か、ジム? まさか店長が書いたから言ってるんじゃないだろうな?」

「いままでいろいろ読んできたなかでも、これはもう最低の駄作だ。ぼくがそう言ったって、あの馬鹿野郎に話してもらってもいい」

「うむ」ダーキンは途方に暮れたようにつぶやいた。「きみが言うんだからな、ジム。書くことに関しては腕の立つきみが。やっぱりそうか……」

ダーキンはわたしのデスクを離れ、店長のオフィスにはいっていった。セールスレターにたいするわたしの意見を、あの紳士にほぼありのまま伝えた。そして憤怒のあまり声を失った店長に向かって、わたしに〝本物〟のレターを書かせたらどうかと提案した。

で、ついに店長が声を取りもどして地獄が炸裂した。まず店長は声をかぎりにダーキンを面罵した。それからわたしを部屋に呼び、ふたりまとめてこき下ろした。そう、彼はわたしたちに思い知らせる気でいた。上司をからかうとどうなるか、それをわからせようとした。レターは一万部――本来考えていた五千部ではなく一万部を刷る。それをわたしたち――ダーキンとわたし――で宛名書き、封緘、切手貼りの作業をやる。しかも勤務時間外に、特別の手当なしでやれというのだった。

わたしたちはさらなる冒瀆の言葉をもって部屋を追われた。店長は印刷所に急ぎの注文を出し、当日の晩には刷りあがったレターが届いた。それから残りの一週間と翌週をまたいで、ダーキンとわたしは昼に夜を継ぎ働いた。当然、わたしの腹は煮えくりかえっていた。ダーキンはというと、なぜだか悠然と構えていた。変わらず店長には黙って従っていた。それどころか叱責され、愚弄されればされるほど下手に出た。

〝街を一気に巻きこみ〟、その衝撃で〝足もとまでぐらつかせる〟という店長の考えにもとづいて、レターは千通単位で発送するのではなく、まとめて出すことになった。店長はわたしたちの仕事ぶりに目を光らせていた。作業が終わろうという前夜にはその場に立ち会ったが、もちろん手を貸そうとはしなかった。意地の悪い笑みを浮かべて、われわれがレターを詰めた箱をダーキンの車に積むのを見守っていた。

「これでわかっただろう」ようやく作業が終了したところで、店長は嘲るように言った。

「あとはさっさとやって、そいつを十二時までに郵送するんだな」

店長は笑いながら去った。ダーキンはわたしに、レターは郵便局にひとりで運ぶからもう帰れと言った。わたしが手伝うと言い張っても、ダーキンはこの付き合いのなかで初めて、つれない態度に出た。手伝ってもらいたくないと彼は言った。レターは自分の手で送りたいのだと。

わたしは帰った。ダーキンは車に乗って走っていった。翌日の午後遅く、ダーキンがかつてない振る舞いに出た理由が明らかになった。

そのとき、わたしは会計の窓口を担当していた。そこにどこといって特徴のない、物静かな小男が窓口に寄ってきて、店長のところへ案内してくれないかと言った。わたしは店の慣習にのっとり、お力になれるかもしれませんと答えた。

「ただいま店長がお相手できるかわかりませんので。もし口座のことでご質問とか、手違いがありましたら——」

「郵政省の者だ」小男はそう言って身分証明を出した。「きみは郵便物の責任者かね?」

「一部は担当しています、ええ。でも責任者ではなくて――」

「私が責任者です」ダーキンが来て、わたしの傍らに立った。「この若者は郵便物とは関わっておりません」

「そうか」小男はうなずいた。「じつは、先ほど清掃局から連絡があって」と、そこで用心深く言葉を切った。「店長にお会いしたほうがよさそうだ」

「だめです。会う必要はありません」ダーキンは言った。

小男はじっと見かえした。窓から手を入れてダーキンの腕を叩いた。「きみ」と言ったその声が鞭を鳴らすように響いた。「店長を連れてこい、早くしろ!」

ダーキンは頑なに首を振った。自分が話題にされていると知った店長がオフィスを出てきた。いったい何事だとずばり訊ねた。

調査官は自己紹介をすると事情を説明した。そのときのことを適切に表現するのはとても難しい。店長は喘いだ。息を呑んだ。顔は紫色で風船さながらに膨れ、目がドアノブのように剝き出した。そして大声で怒鳴りちらした。

ダーキンは本社の許可が下りてすぐ、一時間もしないうちに解雇された。一店員のわたしは即座に馘だった――信用調査部長の犯罪に実際に加担していなくても、教唆を疑われたのである。

「ほんと申しわけないな、ジム」ダーキンは謝ってきた。「きみには関わらせないつもりだった。だから家に帰したんだが――」

「でも、なぜそんなことを?」とわたしは訊いた。「だって、ダーク、そんなことをしたらムショ行きになるかもしれないのに。会社が強気に出れば、ぼくらふたりとも。いったいなぜそんなことをやったんです?」

「なぜって、ジム、きみは理由を知ってる」

「そんな、わかりませんよ」

「いや、わかってる。きみはあのレターが屑だと言った。店を傷つけると。それならいっそのこと……」

……こうしてダーキンは一万通すべてを――ていねいに宛名を書き、封をして切手を貼ったものを――街のゴミ捨て場に投棄したのだった。

学期が終わり、わたしは別の百貨店でフルタイムの仕事を得た——商業地区のはずれにある、主に農産物を扱う寂れた大店舗だった。これがまた不思議な店で、不在所有者と業者たちの謎の人脈によって経営されていた。働くのは約八十名、監査役とその補佐のわたし、それに管理の数名だけが正式に雇用されていた。残りはそれぞれの業者が賃金を払っていた。

監査役はカール・フラミッチという男。わたしたちの仕事は、百貨店内の食品部や衣料品部、化粧品カウンター、乳製品卸、理髪店、レストランのほか十数もある店舗の売上げを管理することだった。領収書を集め、雇い人を監督する。

苦情処理？　そのとおり。与信回収？　それもそう。人事、購買、給与支払い？　ご明察。誰もやらないすべて——店員は売るだけ——が、監査役と補佐の仕事だった。正直、わたしはいきなりこの仕事に打ちのめされた。だいたいにおいて自分が何を、何のためにやっているのかがわからなかった。

カール・フラミッチ……。わたしが知る道をはずれた変わり者のなかでも、彼の右に出る者はいなかった。カールに較べれば、旧友のアリー・アイヴァーズなど凡人にすぎない。カールは——これはスラングの表現ではなく、文字どおり——悪魔のようだった。彼はこの世に現われたサタンで、悪魔らしい皮肉癖を持っていた。三つ単語を口にすれば、そのうちふたつは冒瀆か卑猥な言葉なのである。それでいて声は天使を思わせた。五歳児かというような甘く穏やかなファルセットを出す。響きのいい高音で、しかも舌足らずのしゃべり方なので聞き取れないことも多かった。

「トンプン、あやぐ台帳をもーれきれ、あのぐそばーかの収支をおしえやあれ」とか、「トンプン、下の既製うくのばーやろに、売上伝票をさっさとまとめやあれと言ってこい、さもねえと、こっちがてめえをほーりだしたるって……」といった調子だった。

自分がその方面であやまちを犯してきた身ながら、わたしは人は酒を飲んだら仕事ができないと断言する。でもそう言いながらひとつ、自家撞着がある——舌足らずでサタンそのもののカール・フラミッチ。カールはわたしが関わっていた三カ月間、泥酔しっぱなしだった。彼は酔ったまま仕事に来て、一日じゅう飲みつづけていた。あればまともなアルコールを、アルコールが手にはいらなければ馬用の塗布剤から〝女性用トニック〟から、なんでもござれだった。

朝はポケットというポケットに壜を覗かせ、階段をふらふら昇ると千鳥足でデスクへ向かおうとする。それが最初の一回で成功することもあったけれど、たいてい部屋の隅へ行ってしまったり床にぶっ倒れてしまう。一度など裏窓から落ちかけたこともある。だがデスクまでたどり着くのにどこまで難渋しようと、カールはわたしの手を借りようとはしなかった。

「たく、うんろうしねえとな」と真顔で語るのだ。「たいちょうをととのえねえと。てめえはてめえのこと気いつけな、トンプン、おれはだいじょぶだ」

いったん席に着くと、カールは一日が終わるまでまず立ちあがらない……しかも勤務は十二時間を下回ることはなかった。カールはなにも食わず、トイレにも行かない。小便がしたくなると椅子をくるりと回し、肘掛けを支えに身体を浮かした姿勢で裏窓から用を足した。窓は駐車場に面していたので、この行動には文句がよく出た。カールの放尿で車の塗装がひどく傷んだという客の苦情は絶えなかったし、車のボンネットに何個も穴があいたと主張してくる男もいた。そうした訴えもカールは平気で受け流した。

こっちがやったって証明できるか？　法廷で事実を証言しようという目撃者でもいるのか？　いない？「だったら、てめえ、死んじめえ！」仮に証拠があったとしても、満足いく結果にはならなかった。

「いーか、てめえ」とカールは言うのだ。「こえは店じゃね——簿記の会社ら。ろうせ、てめえは訴えねえよな。組織からはずれるようなまねしやったら、てめえとは手を切ぅ」

わたしにはいつもやさしかったカールだが、ほかの人間にはけっして甘い言葉を口にしなかった。が、すぐれて彼が口汚くなるのは本社やその代理人とやりとりをするときだった。「じゃあ、いとつはっきいさせとこ」彼は巡回監査人だか管理人だかに告げた。「この場所はおれが仕切ってぅ、てめえたちみてーなアホに指図を受ける筋合いはねえ。おれのすっきなようにやう、いいか？　そえがいやならくたばっちまえ、おれはやめてやう」

本社はそれを良しとした。実に賢明だった。カールは哀れなほどの安月給で働き、その酒癖にもかかわらずチェーン内では図抜けて優秀な監査役だったのである。三人分の仕事をこなし、専門家として天才を超える精確さを発揮した。

毎日、わたしは酔って目が座り、アルコール性痙攣で首が振れるカールを目撃した。椅子で舟を漕ぎ、危険なほど前後左右に揺れた。それでいながら、彼が仕事でためらったり、ただの一度でも失敗を犯す場面を見たことがない！　たまには片手にペンを握らせ、片手を計算機に置いてやったりした。だが、そこまですれば後は手を貸す必要もない。左手は機械のキーを弾いてまぎれもなく曲を奏で、右手は台帳の上を駆けめぐり、正確無比の数字を死ぬほど美しい筆跡で書き連ねていく。そんな奇蹟がくりひろげられるたび、わたしはそこに魅入られた。

「てしたことねえ、トンプン」カールはたどたどしくそう言うと、悪魔のように笑ってみせる。「そんな、たいちょうをととのえとくだけら。まろもな生活するにかぎうぞ」

この〝体調をととのえ〟て〝まともな生活をする〟というのは（カールのわたしにたいする助言なのだが）、酩酊しながら非常に複雑な作業をこなす際の心得にすぎない。本人は、本当に大切なのは〝みつけて、やって、わすえう〟か、〝片っぱしからやりまくう〟ことだと話していた。

「やつらにしょんべんかけたれ、トンプン」とカールは日に十回も口にした。「窓からぶらさげて、このくだんねえ世界をひっかきまわわせ」

経理としての腕はみごとで、長年つづけてきた商売だけに眠りながらでもできたのではないか。ありきたりの意味で、考える必要もなかったのだ。酔って目がかすんだり見えなくても、潜在意識下で入り組んだ仕事をつぎつぎ片づけていく。

彼がこの仕事で何をやり、なぜ酔っているのかが不思議だった。わたしたちの関係がはじまって六週間ほど過ぎたある夕方、それがわかった。わたしは店員たちから聞いた冗談か何かで笑っていた。で、しばらくそうしていたらしく、デスクが向かい合わせだったカールがわたしの笑顔に気づいた。

「なにかおかしい、トンプン?」ふだんの赧らんだ顔を蒼白にして、カールは詰った。

「なんでこえをだして笑わねえ? そいがてめえのやり方か!」

「な、なぜって、カール」わたしは口ごもった。「それはただ——」

「さっさとやえ!」彼は声を荒らげた。「だれだってやうぞ、こーのくさったまぬけのばーやろが! どこ行くったって、なに言うったって、大声でげらげらわらいやがえ……。悪魔にみえうか、おれが? どっかのあかんぼのくそみてえにしゃべう悪魔によ! 仕事なんどできやしねえ。女にはあいさつだっておくすっぽしねえ……」

カールは卑語や罵りの言葉を吐きちらし、〝さっさと声をだして笑え〟とわたしをうながした。そんなことがあって、ようやくカールの人柄というものが見えてきた——あの傲慢さは内気で繊細にすぎる男の隠れ蓑だった。さいわい、わたしは適切に反応していた。謝ったり、同情したりという間違いは犯さなかった。

わたしは口をはさんだそばから、あなたは大馬鹿野郎だと切り出した。容姿が悪魔に似て、赤ん坊みたいなしゃべり方をするからといって、そのままにふるまう必要はないのだと。「いいですか」とわたしは言った――そして語ったのはまぎれもない事実だった。「ぼくが知ってる人間で、誰よりも安定して幸せをつかんだのは、棍棒みたいな足の小人です。彼は一流企業の弁護士でした。美人の奥さんと四人のすばらしい子どもに恵まれて。彼の容姿を気にする人はいなかった。立派な男だし――頭も切れるから――見てくれなんて他人の目にはいらなかった。ええ、冷やかすやつがいたって、そんなのは屁でもなかった」

カールは目をこすった――自己憐憫と怒りに浸かって涙を流していた。自分の立場はちがうと遠回しに言った。「おれがふつうにしゃべえたらもっといいことになってう。そんな――」

「誰だって立場はちがいますよ」わたしは言った。「人はみんな自分なりのトラブルを抱えてる。ぼくだってそうだ。ぼくがあなたみたいにやってたら、結核か振顫譫妄《しんせんせんもう》でとっくに死んでます」

「ああ、でも――」

「あなたは自分をいじめてる。何かをやるんじゃなくて自分を憐れんでる。その話し方が嫌いなら、どうしてしゃべってばかりいるんです？　あなたはぼくが気づくチャンスを逃さない。朝出勤して退社するまで、しゃべりまくるし議論を吹っかけてばかりいる。酒を飲んで恥をさらしてる。笑われたくないんだったら、どうして人にそんなきっかけをあたえることばかりするんですか」

わたしは苛立っていた。これまでしでかした数々の失敗には、他人の病を笑うことははいっていないし、わたしがそれをやったという非難は心外だった。

カールはわたしの話を聞きながら、しまいにはきまり悪そうにしていた。やがてにやりと笑うと言った。「おい、くそくあえだ、トンプン。わすえてくえ」こうしてわたしたちは仕事にもどった。

まあ、これは欲目かもしれないが、その日からカールの酒量は落ちたようだった。またオフィスの外では口数が少なくなり、不要な議論を持ちかけることも減った。わたしたちは単なる仕事仲間の域を超え、親しい友人どうしになった。以前なら使い古した卑語を発していたところを、カールは気楽に話しかけてきた……おまえはおれがいい仕事を見つけて、笑われなくなると本気で思うか？　おれみたいな男が、言葉のことがあっても普通の生活が送れると思うか?……わたしはもちろんと答えた——自分のことを気にやまず、背筋をしゃんと伸ばしていれば。あなたみたいに頭が切れて才能ある人間は、ハンディキャップを克服できると。

「おんきで言ってんのか、トンプン?」——わたしのことをひたと見つめて。「かあかってんじゃねえだろな?」

「ぼくの思いはわかるでしょう。本気だって。いままでどおりつづけていけば、あなたが責めるのは自分だけになりますよ」

カールは考えこんでいたが、結果は数日後に出た。

一九三〇年の秋が近づいたころ、ネブラスカに恐慌が襲いかかろうとしていた。しかし、国の政治や商業のリーダーはあくまで一時的な景気後退だと言い張った。これは再調整の期間にすぎないとか、好景気はすぐそこまで来ているとか。景気回復には〝ベルトを締める〟だけ、〝販売抵抗に勝つ〟だけでいいのだなどと。

で、店は経費を切り詰めた——というか、給料をカットして売り場の従業員たちのベルトを締めた。さらに前述の販売抵抗を克服する目的でキャンペーンを続々と打った。店員はきついノルマを課された。彼らは競いあう〝軍隊〟として組織され、勝者は青リボンや盾などの賞品を獲得する。〝バーゲン〟セールはつぎからつぎへとおこなわれた。毎週、本社が派手なプラカード、ペナント、値札といった宣伝材料を大量に送り付けてきた。数ある仕事のなかで、それで店を〝飾る〟のもわたしの役目だった。

こうした活動のさなか、カールは病気を理由に二日間仕事を休んだ。その欠勤明けには、わたしのほうはぐったりしていたが、驚いたことにカールは素面だった！

彼は持ち込んでいたパイント壜二本——上等なウィスキー二本——から一杯飲《や》ると、それをわたしに回してデスクに手招きした。

「そいつを飲むのをてったえ、トンプン。そいつをあけたあ、仕事はおしめえだ。おれたちのくそ荷物をあこびだす」

「新しい職を見つけたんですね」とわたしは水を向けた。

「大当たい」カールは誇らしげだった。「こんとの月曜からな。タンサス・テティにあう、でっかい食よう品店のチェーンの主任監査役だ。おめえにも、おれのじょしゅの仕事を取ったからな」

わたしはカールに祝福と礼の言葉を伝えた。でも来週には学校が再開するので、ほかの街では仕事ができないのだと話した。

「ぼくはここでパートタイムの仕事をつづけますよ。条件は悪いし、給料もろくに出ないけど――」

「そう言わえたのか、えっ?」カールは笑みもなく頭を振った。「二日まえ、やつらはおれに、おめえをクビにしおって言ったぞ――そえもしつこく。おめえにああう金で常勤の人間をやとえうってな」

「でも約束してくれたんだ!」とわたしは言い張った。「こっちが週十八ドルで納得してこの夏を必死で働けば、学校がはじまっても同じ額で雇うって」

「そえをしょめんにしたか?」カールはまた頭を振った。「とんでもねえやつだ!人をさんざこきつかっといて、あとはおああい箱か!」

カールは、店にいるうちはもう〝くだあねえ仕事〟はやらないと宣言し、わたしにもやらせなかった。それは命令だと言った――「くそみてえなまぬけ仕事は、こえっぽっちもやらねえ」その週が終わるまで、わたしたちはのんびり楽しくすごした。

その命令に異存はなかった。しばらくして、わたしはカールのウィスキーを節約するため、自家製ビール一ガロン分を買いに出た。店にもどると、カールはその週の宣材の束を点検していた。

「こんなくそみてえなもん、やろうどものけつに突っ込んじめえ」カールは憎々しげに、プラカードを脇に放り棄てていった。やがて顔全体に本物の悪魔のような笑みがひろがり、彼はプラカードを拾いあげた。「どうだ、トンプン？　どーせ日にちをくぎるんなあ、この際あしたにきめちまわねえか？」

「そうだな。二日なら大差ないし」

「どうかんだ。じゃあ、あしたふたりでおさあばしよう。けど、あのいまいましいれんちゅうには、おれたちのおもいでのよすがをのこしてく」

「というと？　それって――」

「ドラッグうりばのもんはどうだ？　トーテックスのざいこはいっぱいあうだろ」

「トーテックス？　ああ、コーテックス。ええ、まあ、たぶん。目録には五百箱ぐらいあるかな。でも――？」

「よおしい」カールは言った。「すばあしい！　やまほどのトーテックスと、くだあねえ看板と。こえいじょうのもんはあうか？」

つまりはそんなところからはじまった。要は冗談から駒が出て、店の従業員はやるせない憤懣に駆られ、リンカーン一帯でむこう数カ月、冷笑がつづくことになったのである。

その日、閉店すると、カールとわたしはさっそく宣材をまとめて階下へ持っておりた。ドラッグ売り場で生理用ナプキンの在庫一切を出させ、手持ちのプラカード、ペナント、値札と合わせて店内の〝装飾〟に取りかかった。終わったのは夜明けまえだった。わたしたちはレストランの鍵をあけて自前の朝食をすませると、事務所に引きあげて成り行きを見守ることにした。

席に着く間もなく、売り場の主任たちが出社してきた。店内で驚きの光景を目にしたとたん、彼らは階段を上がってきてカールに詰め寄った……いったい、どういうつもりなんだ？　店舗を笑いものにして商売をできなくする気か。いますぐ飾りを撤去してもらわないと。

カールは相手の置かれた立場を話して聞かせた。われわれの装飾をどんなかたちでも乱したら、個人的に営業権の侵害とみなすと。「こおではな、おれがボスだぞ。おれのやい方でえいぎようするか、しねえかだ！」

売り場の主任たちのひとり、ふたりはこの宣言を受け入れた。しかし大多数は近くの電話へ向かい、店舗のオーナーに窮状を訴えた。本社に連絡した者もいた。本社からわたしたちに電話がかかってきた。それがカールの狙いだった。

カールがにやにやしながら耳を凝らす受話器から、怒りの長広舌が洩れ聞こえてきた。それがひと息ついたところで、カールは血も凍るような暴言を吐いた。「じょうとうだ、やめてやう、トンプンもやめうぞ」すでに給料は受け取っていたので、わたしたちはそのまま出ていった。となると、経営陣の命令を実行する者もなく、店内の装飾は——あるいはその大部分は——手つかずのまま残ることになる。少なくとも、本社の人間が来るまではそのままだ。

「おまえに人ののおしり方をおしえてやう！」とカールは大声を出した。「こきたねえくそ馬鹿やろう！　声をかぎいにさけんでみやがえ——おれにはそえが気持ちのいい音楽なんだ！」

カールの発言は耳障りな野次とともに終わった——舌足らずの野次を聞いたことがなければ、それは損をしたようなものだ。こうしてカールとわたしは帽子をかぶり、事務所に別れを告げた。

その日は雨が降っていた。天候の具合で作業ができないとき、農夫はたいがい街へ買い物に出てくる。まだ朝の十時にもなっていなかったが、店は客で——というよりは、人であふれていた。つまり、誰かが物を買うという姿がなかったのだ。人々は小さなかたまりをつくって、男たちが指をさして大笑いすれば、女たちはくすりと笑って赤面する。どっちを向いても同じものが目にはいるので、それがまた新たな笑いを誘うといった始末だった。

「なあ、トンプン」カールがうれしそうに言った。「こいつはすげえ、すんごくねえか?」

たしかにすごいです、とわたしは答えた。たしかにすごかった。

どこの売り場にも、どの店舗にも、包装箱がピラミッドさながらにきっちり積みあげられ、それぞれが宣材のペナント、プラカード、値札の土台となっている。

この土台はすべて同種の生理用ナプキンの箱で出来あがっていた。宣材にはどれも等しく、販売抵抗の打破をめざす今週の魔法の言葉が謳われていた。どこを見ても同じ——うずたかく積んだナプキンの山に冠せられたのは、けばけばしい文字で書いた宣伝文句だった。

しあわせな日々がまたここに

9

想像力に乏しいわが友人で元信用調査部長のダーキンは、ある割賦会社で外回りの販売と回収をやっていた。わたしはダーキンの推薦でその会社に職を得た。勤務時間はまえに雇われていたときと同じで、午前中に通学することができた。週給二十ドル、それに自動車手当と歩合。

表向きは実に条件のいい仕事で、経営者もとても誠意を感じさせる人物だった。わたしを仕事に引き入れたダーキンは、あまり甘く考えるなと助言してきた。

「きみは仕事を欲しがっていたな、ジム」街でもいちばんの貧民街に向かって車を走らせながら、彼は言った。「だから、私はその橋渡しをした。でも、きみの気に入るような仕事じゃないぞ。そうだ、まあいろいろあるだろうがこっちで引き受けてもいいし」

「よくわからないけど」とわたしは言った。「ミスター・クラークは見た感じ――」

「ミスター・クラークはいい人だ。きみが利益を生むかぎりはな。彼が求めるのはそれがすべて、金を儲けることであってそのやり方は気にしない。でもいいかね、そこだけは肝に銘じておくことだ」

「まあ」わたしは肩をすくめた。「それが仕事なら。仕事をしないやつは叱られて当然か」

「そんな単純な話じゃない。いまにわかる」

わたしたちはソルト・クリークを渡り、車の轍が残る泥道にペンキの塗られていない掘っ立て小屋が並ぶ界隈にはいった。ダーキンはそんな一軒の前に車を停めると、ダッシュボードのクリップから回収票を抜いて車を出た。わたしはダーキンの後からゴミが散乱した前庭を横切った。

ダーキンはノックした。どんどん叩いた。やおら後ろにさがって扉を蹴った。返事はなかった。下りたブラインドの奥は静まりかえっていた。

「これって」わたしは落ち着かない気分で言った。「留守なんじゃないかな、ダーク」

ダーキンはわたしに憐れみの目を向けた。拳を引いてスクリーンを突き破り、掛け金をはずした。そしてドアノブを回し、家にはいっていった。

わたしは萎えかかった足で後を追った。

包装箱でつくったテーブルに、ひげが伸びたままのいかつい男がアンダーシャツにズボン姿で座っていた。わたしたちが家にはいっていくと、男はコーヒーがはいったブリキのカップを置き、ダーキンに罵詈を浴びせかけた。

「おまえのそのどたまをぶっ飛ばしてやる。警官を呼ぶぞ。住居侵入だ——おまえ法律を知らねえのか?」

「金をもらおうか」とダーキンは言った。「ほら、早くしろ!」

「金なんかねえ! 仕事がねえんだ」

「いいかげんにしろ。あんたは先週二日半働いた」

「稼いだのは数ドルだ。おれだって食わなきゃならないんだぜ」

「うちの金で食うのは禁止だ。もらうよ」

男はまたしても毒を吐いた。ダーキンの厳しいまなざしから目を泳がせ、ポケットから五ドル札を乱暴に抜き出した。

「わかった。ほら、おまえの金だ。釣りを四ドル返せ」

ダーキンは五ドルを札入れにしまうと、領収書を書いてテーブルの上に放った。「あんたは滞納してたんだぞ、ピート」と冷静に言った。「これで帳消しだ」

男の顔が紫色になった。拳を固めてダーキンに食ってかかろうとするのにたいし、ダーキンはほとんど上の空といったふうにわたしを振り向いた。

「ジム、車からあのサイズ46のコートを持ってこい——裏地が羊毛のやつだ。ピートに着せてみたい」

「でも」――わたしは返答に窮して見つめかえした――「で、でも、彼は――」

「いいんだ。あれはピートのために持ってきた。冬が来たら、ピートはあったかいコートが必要になる」

車から取り出したコートは、コード番号によると値段が六ドルの量販品だった。ダーキンはそれを、険しい形相で脅しの言葉を吐く大男のピートに羽織らせた。

「手袋みたいにぴったりだ。いかしたコートだろ、ジム？　ピートがまるで別人に見える」

「二週間でボロになるぞ」とピートが口にした。「こいつでいくら取るつもりだ？」

「じゃあ、そいつを手ごろな値段で提供しよう。二十五ドルであんたのもんだ」

「二十五ドル！」ピートは声を上げた。「どこ行ったって、こいつと同じのが十一か十二で手にはいる！」

「だが、あんたの懐には十一も十二もない」とダーキンは指摘した。「それに、ほかではクレジットが使えない……。いいか、あんたが古い客だからこその言い値だ。二十二ドル五十、払いは週に五十セント。いま払ってる一ドルが、週に一ドル五十になる」

「いや……二十ドル、週に二十五だ！」

「時間の無駄だ」ダーキンはにべもなかった。「コートをよこすんだ」

ピートはためらっていた。「ああ、ちくしょう。わかった。二十二ドル五十で週に五十で。どこにサインすりゃいい？」

こうして仕事の内容を実践してみせると、ダーキンはつぎの客のところに向かう車中でわたしに情報を伝えた。店は全国に八十店舗あり、すべてが同じ型破りな方法で運営されているチェーンの一軒だった。わざと信用リスクの高い客に品物を売っていた——ほかの店が避けるマーケットである。ゆえに競争がなく、体面などお構いなしに脇道で営業して、粗悪品にやたら高価な値を付けることもできた。むろん取立ての費用は高いのだが、回収で大きな儲けが出る割合はというと、やはり低い。また貸倒れによる損失は世間が思うほど大きくない。チェーンはつねにまともな男を——〝押しの強い、力ずくの男〟を探していた。そんな男たちがしっかり稼ぐからである。どの商品にも最低価格があって、その価格を超える額が手にはいれば店と折半する。基本給がわりと高めで、そこに回収の歩合がついた。

「私の場合は百ドル以上になる週が多いね」とダーキンは言った。「この街の平均的な回収仕事で稼げる額の約三倍だ」

「あなたならそれぐらい稼げるよね」とわたしは言った。「客はみんなピートみたいな男?」

「まあ、どいつも一筋縄じゃいかないが、なかにはもっとひどいのがいる。これから行くのが、それこそタフなベイビーのとこだ」

その〝タフなベイビー〟が住んでいたのはピートの家と似たり寄ったりで、ピートと同じく居留守を決めこんだ。玄関も裏口も施錠されていた。ダーキンは手びさしをつくり、数カ所の窓からなかを覗いた。

「見えないな」ダーキンは顔をしかめた。「でも、やつはぜったいここにいる。角を曲がったときに、ステップにいるのをたしかに見た。もしかしたら……」

ダーキンは口をつぐみ、裏庭の屋外便所をじっと見つめた。いわくありげに目配せをして建物に向かう途中で拳大の煉瓦の破片を二個拾った。

便所の扉を叩いた。蹴った。後ろにさがり、煉瓦を思いきり投げつけた。すると内側から悲鳴があがり、怒りに満ちた罵声が飛んだ。ダーキンはポケットからペンチを取り出し、考えこむように掌で重さを測った。

「出てこい、ジョニー」ダーキンは叫んだ。「どのみち出なきゃならないんだから、自分から登場したらどうだ?」

「くそくらえだ!」なかの男が怒鳴った。「出せるもんなら出してみやがれ、この盗っ人の売人ふぜいが!」

「わかった」とダーキンは落ち着いた声音で言った。「だったら出てくるな。黙ってドアの下から金を差し出せ」

ジョニーは活字にできない提案で応じた。金を扉の下から差し出しもせず、出てきもしない。ただそれだけの応対だった。

ダーキンは肩をすくめた。扉の掛け金をかけ、受け座にペンチの把手を挿しこんだ。そして、庭で腕いっぱいに紙屑を拾うと便所の裏手に回った。

便所の下側の板が二枚はずされていたのは、おそらく換気のためだった。ダーキンはマッチで火を点けた紙屑をその隙間から押しこんだ。

燃えた紙は便所の穴に落ちたので、ジョニーを火葬にする危険は少なくとも、まずなかった。ただし臭い煙が穴から上がって、ジョニーはやがて窒息寸前に追いこまれた。おまえを殺す――何がなんでも殺してやるとダーキンに毒づいていたが、すぐに脅しは中止して、必死で扉を叩きながら狂ったように慈悲を乞うた。

「三ドルだ、ジョニー」とダーキンは言った。「隙間から出せば解放してやる」

「ちくしょう」と咳きこみながら、「無理だ。女房が入院してる。おれだって――」

「三ドル」とダーキン。

「いいか――わかった!」――恐怖の叫び声が聞こえた。「ほら! だから頼む――」

ダーキンはしわくちゃになった三枚の紙幣を取ると、受け座からペンチを抜いて後ずさった。咳で喉を詰まらせ、身体をふたつ折りにしたジョニーがよろめくように出てきた。

彼は十八か、せいぜい十九の青年だった。長身で優に六フィートはあったが、体重は百ポンドもなかったかもしれない。頬は紅く、結核を示す斑点が現われていた。もはや戦意は失われていた。

ジョニーはふらついたあげく草むらに座りこみ、咳をしながらわたしたちを睨んだ。

「飢えだよ」と、まるで自分に話しかけるようにこぼした。「ほかでもねえ、飢えのせいさ、女房が倒れたのは。退院したってなにも変わらねえ。あいつもおれも飢えて、寒けりゃ凍えて、暑けりゃ萎びて、犬だって生きられないような暮らしをしてる。ど、どうすりゃ――」

ジョニーは言葉を切った。ふたたび咳の発作に襲われたのだ。息を喘がせ、唾を吐くとまたしゃべりだした。

「どうすりゃいい？　やれることはみんなやったのに、ちっともよくならなかったらどうすりゃいいんだ？　ええっ？　どうなんだよ」ジョニーは不意に敵意のこもる目をわたしたちに向けた。やがて視線を落として地面に、陽に灼かれて腐った大地に疑問をぶつけた。「いったいどうすりゃいいんだよ？　どうすりゃいい？　どうすりゃ……」

いきなりダーキンに腕をつかまれ、わたしは車のほうに連れていかれた。「やつかおれたちか、だ」とダーキンは言った。「やつらかおれたちか。どうすりゃいい？」

第一週はビギナーズラックがあった。割り当てられた案件が比較的容易なものだったのか、もしや顧客のほうが強気に出るまえに、まずは探りを入れてきた——わたしの腕前を測ろうとした——のかもしれない。いずれにしても、ダーキンが使ったような戦術にたよることなく、ものの見事にやってのけた。そこでわたしの頭には、⑴おれは回収の世界チャンピオンじゃないか、⑵店の客は騙され誤解されているだけなんじゃないか、という奇態な思いが浮かんできた。彼らが払わないのは、払うことの重要性に目が向かないからだ。腕ずくでやろうとするから相手もむきになる。

土曜の晩が来て、ほかの回収人たちがねぎらいの言葉を求めて帰宅していくと、ミスター・クラークはわたしを引き留めた。「きみはトップになる」と彼は断言した。「この調子をつづけていけば、きみが通う大学の教授より稼ぐようになるぞ」

「そんな」にやつくわたしの顔はサイズで三つ分膨らんだ。「そこまではどうでしょう」

「きみならやれる。きみのその体格——そこが大事だ。あの野郎どもは最初にぶちかましておけば、あとは楽なもんだ」

「はあ」わたしは気圧されていた。店の四人の回収人とクラークが、そろって超のつく大男であることに、なぜかそれまで気づかなかったのだ。「体格は関係ないと思うんですが、ミスター・クラーク、その――」

「かもしれない」クラークは肩をすくめた。「われわれはいつも図体のでかい人間を雇うんだが、たしかに小柄でもタフなやつは大勢いる。むろん、そういう連中に心理的な強みはないわけだが――」

「そういうことじゃなくて」とわたしは言った。そして自分の真意を伝えようとした。客には思いやりをもって接するべきではないか――毅然と、だがやさしく。どうせやるなら、客の立場に立って扱うべきだと。

自説を述べるわたしを、クラークは訝しそうに見つめていた。やがて幅広の顔をしわくちゃに笑みくずすと馬鹿笑いを発した。「おい!」片手でカウンターを叩いた。「一瞬、その気にさせられたぞ、ジム!……やつらをていねいに扱うって? やさしくする。それを本社に徹底させてみるか!」

「いや、なんだか変なことを言うようですが――」

「たいしたユーモアのセンスだ! なんて冗談だ!」クラークはふたたび哄笑した。

「ではよい週末を。また月曜日にな」

週末は買った中古車の整備にあてた。月曜の昼、わたしは取立てに成功する秘訣を解明したと頑固に信じたまま仕事にもどった。その日はわたしにとって、いわば地上最後の日だった。

最初の客は畜産物処理場の従業員で、工場はひどい臭気を出すせいで街はずれに建っていた。ここに老いや病気や事故で死んだ不幸な家畜が運びこまれる。それを皮革、獣脂、膠、粗毛および骨に加工するのだ。

わたしは廃物がそこらじゅうに散乱し、その臭いが鼻を刺す敷地に車を駐めた。建物にはいっていくと、強烈な悪臭と灰色の雲と化した蠅の大群に巻かれて倒れそうになった。息を詰めて蠅を手で追い払った。そうやって注意深く進んでいった。

下の階は広大な一室で、見るかぎり搬入された家畜の貯蔵場所となっているようだった。壁の端から端まで牛、馬、羊、豚が切断され、腐敗した状態で積まれていた。そのすべてに蠅がたかっていた。

暗がりのなかで目を凝らしていると、外から男が――おそらく作業長といったところだろう――はいってきて、わたしに用件を訊ねた。わたしは仕事の件でブラウン氏に会いたいとそつなく説明した。

「取立て屋か?」男は不満そうに言った。「取立てなら、どうしてやつの家に行かないんだ?」

「さあ。ぼくは新人なんです。でも、たぶん店が返済のしかたに満足してなくて、それでこちらに行けという指示が出たんだと思います」

「ふん」男は渋面をつくった。「じゃあ呼んでやろう——今回はな」

彼はわたしから数フィート離れて両手を口もとに添えると、天井に向かって叫んだ。二度目に叫ぼうとしたそのとき、頭上にある揚げ蓋が開いて男が顔を覗かせた。

「はい? お呼びで?」

「そうだ、おまえを呼んでる!」作業長はそう言うと、私用で仕事の邪魔をするのはこれっきりだぞと念を押した。「つぎは許さん、わかったな? 自分の仕事におれを巻きこむぐらいなら、ほかの仕事を探せ!」

作業長は首をぬっと突き出してみせると歩き去った。わたしは揚げ蓋の下まで移動した。

頭上の男は作業のせいですっかり汚れて、顔の造作は判然としなかった。だが態度からしてその残忍な怒りを物語っていた。わたしはご迷惑をかけてすみません、と弁解がましく声をかけた。「支払い分をこっちに落としてくれれば……」

「タフガイのお出ましか?」汚れた顔のなかで陰気な目が光った。「さんざん脅しつけられて、女房は取り乱して半分気が狂っちまった。で、今度はここまで来て大騒かよ」

「人違いです。ぼくは奥さんとしゃべったことがないし、会ったことなんか――」

「嘘つけ! 女房からおまえの人相は聞いてる。おまえみたいに図体のでかい野郎がふたりもいるはずがねえ」

「でも――」

「待ってろ」と男は言った。「その場で待ってろ、いまそこに落としてやるから」

わたしは待った。首が痛くなるまで上を見あげて、それから目を伏せた。ちょうどそのときだった。

たぶん誰かに手伝わせたのだろう。四百ポンドはあろうかという膨らんだ死骸――死んだ豚――が、いきなり穴から放り出された。それがわたしの腕をかすめた。戸口を振りかえったせいで、かろうじて直撃を免れた。

ものすごい音とともに皮膚が割れ、肉が破裂した。わたしは本能的に後ろに飛び退ったが、吐き気がするほどの悪臭に満ちた爆弾を避けきることはできなかった。わたしは気味悪い物体が付着した自分の足を見ると、揚げ蓋に目をやった。ブラウンは平然とこっちを見おろしていた。

「手違いだ」と彼は言った。「蓋が開いてるのを仲間が忘れてね。ここではよくあることさ」

わたしは待たなかった。萎えた脚が動くかぎりの速さでそこを出た。ひどく手が顫えて車のエンジンがかけられなかった。

ガソリンスタンドの洗面所で、それなりに身なりはととのえたものの、気力へのダメージは修復不能だった。回収ができない。本来、わりと簡単な販売もだめ。これまで偉そうに主張してきた、〝とことん親身になって〟客と接するのも無理（あんな連中にやさしくなんてできるか?·）。客と強気に渡りあうこともできない（強気にって、相手はこっちを殺しかねない連中だぞ!·）。何をして何をしゃべるのか、どう動けばいいのかわからなくなり、それでも割り振られた訪問はめげずにこなしたが、その日は一件の販売も、少額の回収もできずじまいで終わった。

その晩、わたしはほかの回収人たちが清算を終えて帰っていくまで店に残った。それから強いて平静を装うと小窓のところに歩いていき、クラークの前に回収票を置いた。

その場にいるのはわたしたちだけだった。よほどの大都市を除いて、内勤はチェーン店の店長がひとりで担っていた。

クラークは煙草に火をつけ、口の端から煙を吐きながら回収票を眺めた。上着がはだけていた。わたしは、彼の懐中時計の鎖に付けられた小さな装飾に初めて気づいた――ちっぽけな金のグローブ。

「そうさ、ジム」わたしの視線を追ったクラークは気がなさそうに言った。「ああ、私はミットでは相当鳴らした。つづけてたらヘビー級のチャンプになったかもな」

「なるほど」

「ああ、なったならないはともかく、別の道を行ったほうがいいと思った。そのほうが分があるとね。つまり、それが私の意見だ、ジム。つかんだものを持ちつづけるのは難しいぞ。たとえ、きみと同じ立場の連中の腕前が似たようなものだったとしてもな。きみは目立たない、その意味はわかるか？　本当に目立つには、自分の敷地から外に出て――何かの業種に、ま、たとえばこういう仕事に飛び込まなきゃ駄目だ。競争相手なんかいない、男三人に立ち向かってぶちのめせるような場所にな。私の言いたいことはわかるか、ジム？」

「わかります」わたしは答えた。

「ここには売上表がないな、ジム……」

「ええ。売れませんでした」

「しかも、回収もない……」

「回収できませんでした」

クラークはわたしを見つめると首を振った。「いや、きみはそこまで間抜けじゃない。徹底的に叩くつもりがなかったんだ。きみは休みを取ったのか、ジム？ どうなんだ？六時間働いたすえに、販売も回収もなかったのか？」

「はい」わたしはうなずいた。「おかしな話だと思われるでしょうが――」

「おかしい？ いや、私はそんなことは言わない。カウンターを回って来い、ジム」クラークは指さした。「そこの小さな扉をくぐって、この椅子に座れ」彼はわたしを椅子に押しこんだ。「私はきみの真ん前に座るぞ」と、そのとおりにして、「よし、話を聞こうか」

クラークは脚をわたしの脚に押しつけるような恰好で腰をおろし、さらに身を乗り出してわたしが座る椅子の腕木を握った。それこそ鼻と鼻がふれあうばかりの体勢に、わたしは平静を失った。口ごもりながらの説明はわれながら不自然で馬鹿げていた。

にもかかわらず、そして驚いたことに、クラークはそれを認めて理解してくれたようだった。「私もたまに不安になるんだ、ジム。怖じ気づくこともある。むかし、シカゴの高利貸しの下で働いていたんだが、これがまた恐ろしく強面でね。そこで言われて、百ドルの——半分は利子だったが——貸しがある製鋼所の工員のところへ行くと、むこうは野球のバットを持って向かってきた。まったく、頭蓋骨を割られるとこだった。怖かったかって？　そりゃジム、ふるえあがったよ。で、オフィスに逃げ帰って報告を入れた。ボスはもう一回チャンスをくれた。男ふたりに地下に連れていかれてね、そいつらはどっちもバットを持ってた。それでこっちを脅そうとしたんじゃない、使ってみせたんだ。だからじきにな、ジム、その工員のことは怖くなくなったよ。やつから取り立てることは怖くなくなった。何が怖いって、取立てができなかったときのことさ……。それできみの場合だが、要するにジム——ちょっとした賭けをしようか。きみはあした畜産物処理場へ出かけていき、きっとやつから金を取ってくる。ここに来て、まる一日を無駄にしたなんて言うくらいなら、きみはもっと張り切る。そうだろう、ジム？　そういう気持ちでいるんじゃないのか？」

わたしはそこで席を立ち、仕事なんてくそくらえと言い放って出ていった、と言ってしまいたいところだが、自分のことはつい都合のいい立場に置きたくなるもので、そんな真っ赤な嘘をつくわけにはいかない。わたしには仕事が必要だった。わたしが育ってきた世界、仕事ではとんでもない不公平がはびこり、たいがいは肉体的暴力で規律が守られてきた。そしていま、クラークのなかに見えたのは至極馴染んできた人間の類型だった。この手の男が発する、軽いはったりは警告なのだ。脅しは約束を意味する。

「まさか辞めようなんて思ってないな、ジム？　きみのそんな態度は見たくもない。人間ひとりを仕込むには金がかかるし、私には人を選ぶ目があると思ってる」

わたしは首を振った。「いいえ、辞めたくありません」

「信じていいのか？　今晩ここを出て、もう二度と姿を見せないなんてことはないだろうな？　もしそんなことが頭をかすめてるなら……」

「いいえ」

「よし！」クラークはいきなり頬をゆるめると、わたしの顎をからかうように打った。「これで大丈夫だ。今後はうまくいく。きみの心配はな――間違ってるんだ」

まあ、単にとりとめのない話を長引かせるだけなのだが、翌日わたしは処理場へ行き、豚を落としてきた男から取立てをした。最後の授業をサボって、正午まえには現場に着いた。ブラウンが昼飯を食いに出てくるのを待った。不意を突かれ、前日のような優位な立場にもなく、むこうはすぐに借金を払った。実際、ブラウンは狼狽した表情を見せると、わたしが要求を口にするまえから金を差し出していた。

この成功に励まされ、その日は上出来で終わった。だが翌日はまたも不振におちいり、土曜までは売るほうも回収するほうもほぼゼロだった。その週が進むにつれ、クラークの態度はしだいに不気味なものへと変わっていき、その夜、わたしはふたたび〝会議〟に呼ばれた。

それは一回目とまったく同じようにはじまった。舞台設定もいっしょだった。わたしを眼前に座らせ、膝と腕でこちらを身動きできないようにして顔を突き出した。そして猫なで声で、お門違いの不安をおぼえる危うさについて講義をした。それは真剣そのものだった。ときどき強調するように腕をつかんできて、わたしは痛みに悲鳴をあげそうになった。にもかかわらず、人間の本性をつかさどる心というか精神の奥底で、わたしは動じていなかった。クラークのことは恐れていたが、恐怖によって動揺することはなかった。

「ジム――」クラークの声が突然鋭くなった。「おれがからかってると思うか？　コケにされたまま見逃すとでも思うのか？　おい、もしそんなつもりでいるなら……！」

「ちがいます」とわたしは言った。「お気持ちはわかります。殴られたって文句は言えません」

「殴るどころじゃないからな、ジム！　いいか、月曜に結果を出さなかったら――」

「約束はできないけど、ぼくだって――一セントでも必要ですから。でも、ぼくをクビにするのがいいかもしれませんよ」

「いいや！　こっちからクビにはしないし、きみは辞めない」

わたしは肩をすぼめた。クラークは先手を打ってきた。が、わたしを引き留め――としても辞められない雰囲気をつくったところで――わたしが結果を上げてみせるとはかぎらない。そこを誤解されても困るので、わたしは（おずおずと）、いまが潮時かもしれないと言い添えた。

「なに？」クラークは顎を突き出した。「きみはそれを望んでるのか、えっ？」

「い、いえ。でも――」

「言ってみろ、ジム……」クラークは言葉を切り、唇を湿らせた。そして幅広の顔に戸惑いの色を浮かべると、へりくだったような声音でつづけた。「きみはおれの同類だ。おそらく、おれたちは気心が知れた仲なんだろう。それで、どうしたって？　なぜこんな話になる？」

「わかりません」

「借金を踏み倒そうって連中から痛い目に遭わされたわけじゃないだろう？　こっぴどい呪いをかけられたわけでもない――」

「他人のせいじゃなくて、ぼくの何かが歯止めをかけてるみたいで。うまく説明ができないけど……」

「つづけろ。やってみろ、ジム」

「たぶん、彼らが怖いんじゃないんです。あの畜産物処理場の男みたいなまねをされたって、たいした敵じゃないことはわかってます。何もかも、こっちに分があるし。法律もあれば、彼らをぼろぼろにできるタフな男たちもいる。だけどそんな人たちと、ぼくは闘えない。気の毒になってしまって」

「連中はきみのことをそんなふうには思ってないぞ、ジム。連中はきみの性根を嫌ってる。ブラウンって野郎のやり口を見ただろう」

「わかってます。でも、あれがきっかけだった。彼らの気持ちがわかって、それに腹を立てることができなかった。身につまされたんです。もしぼくがブラウンの立場だとして、がらくたの山に四倍の値段を付けられ、あげくに女房を小突きまわされたりしたら、やっぱり同じことをしたんじゃないかって」

「あんなもんは買う必要がないんだ、ジム。連中が愚かなんだよ——」

「買わなかったら、ないままですよ。ほかには誰も売ってくれないし」

「まあな……」クラークはふと口をつぐんだ。「そのとおりだが、ジム……」とゆっくり切り出してからまた息をついた。「いいか、ジム、それは——その——その——」

クラークは立ってオフィスを歩きまわった。突然振りかえると、わたしに指を向けた。

「つまりはこういうことさ、ジム。われわれはあの連中にいいことをしてやってる。連中を助けようとしてやってることなんだが、当然ながら——その——助けるには金がかかる、だからそこは——その——」

口を閉じたクラークは顔をしかめ、笑えるものなら笑ってみろとばかりにわたしを睨《ね》めつけた。そして長い沈黙のすえ、自分のほうから表情をくずして笑いだした。「もういい。もういいぞ、ジム。今夜は終わりにしよう。だがやるんだぞ、いいな？　何がなんでも——おまえはやるんだ！」

ジャドスン・クラーク——ジャド・クラーク。カレッジフットボールの元スター、元ボクサー、悪徳高利貸しの元用心棒、すなわち教養のある悪党。わたしは彼と数カ月仕事をして——少なくとも会社で席を同じくして——彼のことが大好きになった。好きだったし同情もした。

クラークが指摘したとおり、わたしは彼と〝同類〟だった。生まれ育ちが似通っていたし、わたしは不可欠である自己防衛の要求に応えるはずだった。応えるべきだし、応えねばならなかった——なぜなら、クラークはわたしの失敗に己れの失敗を見ていたからだ。わたしが体現していたのはクラークにとってきわめて重要なこと、彼が唯一理解できる生き方への脅威だった。そんな人生のかたちが崩れていくというクラークの恐怖は、彼がわたしに植えつけようとしたいかなる恐怖をもはるかに凌ぐものだったのである。

わたしたちの会議はほぼ毎晩の恒例となり、罵倒と甘言が交互に飛び交った。クラークはほかの回収人の前でわたしを嘲った。ある日など母に電話をかけ、わたしにはがっかりさせられている——誰より自分はその身を案じているのに——わたしが母とフレディを失望させている、仕事を見つけようと思ったらそれはそれは大変だし、大学を放校になった日には恥だと話し、どうかそちらから〝要望書を出し〟て、わたしが〝光明を見出せる〟ようにしてもらいたいなどと訴えた。

わたしは母に、心から馘を望んでいるのだと言った。できない仕事をすることが絶え間ない圧力となって、それでも辞められないという状態に耐えられなくなっていた。

もちろん、いつも空手で店にもどっていたわけではない。一日の努力の成果を示すなにがしかは手にしていた。しかしおおよその場合、その出来はクラークを安心させるには程遠いものだった。

「まったく理解できない!」ある晩、クラークは叫んだ。「こいつは——誰がやってもお手上げだった。おれが取立てをかけてもだめだった。どうにも卑しい最低の野郎だ。あれだけ積みあげて五セント一枚だって返さなかったし、やたら判決を食らっても訴えるだけ無駄だった。もう帳簿から消そうと思っていたら、きみが取ってきた。なんと、きみが回収するとはな!」

「ええ」わたしは不安を感じながら答えた。「どうも——ええと——そのようです」

「どうだ?　あんなやつから回収ができるなら、誰からでも取れるぞ!」

わたしは首を振った。まえから同じような議論をしてきて、わたしはクラークを納得させられずにいた。今回の客やそれに似た種類の人間について、わたしの捉え方はちがった。そんな連中なら、一片の良心の呵責もおぼえることなく渡りあうことができる。

こちらが座る椅子の前にしかめ面で立ちはだかる姿を見て、わたしはついに感情を抑えきれなくなったクラークから殴られるのを覚悟した。だがクラークはつとカードファイルのほうに歩み寄った。

そしてカードをすばやく繰っていき、ときおりカードを抜き出してはデスクに放っていった。それが二十枚にもなると、クラークはわたしをぞんざいに手招きした。

「よし。これはあしたの分のカードだ。いいか、ジム……そうだ、おれの考えはわかってるはずだ。これをやれ、いいな？　自分のやるべきことをやれ！」

わたしはカードを見つめ、それからクラークを見つめた。「わかりました。自分のやるべきことをやります……」

漆黒のなかには白の部分もあって、数千もいる客のうちには、どの店でもよろこんで帳簿に載せるような上客が数百はいた。そんなひとりの支払いが遅れたりすると、クラークが丁重な書付を送って送金をうながすことになる。最悪、回収人の一言二言ですんなり話が終わる。こういう客とのやりとりにおいては、回収費用がゼロないし実質ゼロとなる。店側がそうみなすのは、そこそこいい商品をそこそこ手頃な価格で売りつけるとか、また別の方法で——そんな行動があるとしての話だが——客の善意を繋ぎとめるために最大限の努力をするからである。

回収人は当然、そうした客を好む……が、そんな相手ばかりするわけにはいかない。回収人の仕事は回収すること——たんに金を受け取るだけではないのだ。店長や調査部長の仕事とは、回収人が自発的に金を払おうとしない相手にたいし、自分たちの貴重な時間を捧げるよう仕向けるところにある。そんなルールのなかで、わたしはクラークの恐怖に根ざした頑固さを乗り越え、その例外となった。

店内で侮蔑的に使われる呼称で言うと、わたしは〝牛乳配達〟を任された。それを翌春までしっかり勤めあげた（という表現を許してもらいたい）。

たまに、回収不能とされる案件を押しつけられることもあった。借金を踏み倒してなんとも思わないような相手には、こちらも気兼ねなく良心を捨ててかかることができるのだが、それにしても一仕事だった。しかし、たいていは領収書を書き、支払金をポケットにしまう以上に面倒な仕事はなかった。

そしてクラークは我を通した。己れが正しく、わたしが間違っていると証明してみせた。けれども、彼の栄光は見た目よりずっと虚しかった。人生という土台の一隅を支えると、ほかの隅が揺れて崩れはじめるといった具合だった。

言い訳に窮した回収人に、クラークはすかさず切りかえした。「男は飯を食ってたんだろう？　ほら、食ってたんなら金は持ってる。持ってるに決まってる、だったら取ってくるんだな！」

そこにはほとんど反論の余地がなかった。というより、もう終わった話になっていた。だが最後には——最後が近づいてきたころには——回収人たちも口答えするようになった。夜になって帰ってくる彼らはむっつりと黙りこみ、ときには打ちのめされ、ぎりぎりまで追いつめられていたりする。その彼らがさも愉快そうに、決まりきった質問に答えを返そうと、これ以上なさそうな反論をしてやろうとうずうずしながらクラークと向きあった。

「いいや、こっちが言ってるとおりさ、ジャド——やつらは飯を食ってない。家にあるのはコーンミールが一ポンドってとこだね」

「いったいおれに何を渡す気だ？」クラークの声は怒りにふるえていた。「くそっ、誰だって食うんだよ！　おまえはそれでおれが納得すると思ってるのか、そんな作り話で――」

「こっちはありのままを話してるよ、ジャド――」――関心がなさそうに肩をすくめ、それとなく冷笑を隠すようにして――「自分で確かめてみたらどうなんだい？　きっとコーンミールを剝がすことはできるよ」

週を追うごとに現金の流入が落ち込んでいった。得意客のなかにも、きな臭くなるような場合が出てきた。回収人がひとり、またひとりと一時解雇されて、残るはダーキンとわたしだけになった。本社からは、商品は現金売りにするようにとの通達が来た。

ダーキンが言うには、これは警告だった。すでに先は見えていると。「チェーンはじきにつぶれるぞ、ジム。深みにはまって身動きできなくなってる。いまは時間稼ぎをしながら、金は一切出さずに取れるものは取ろうって魂胆だ」

わたしもダーキンの言うとおりだと思ったが、クラークに訊ねると、会社が倒産の瀬戸際にあることを真っ向から否定された。

このところ、クラークは窶《やつ》れきっていた。強面の大きな顔の肉がめりこんでいた。わたしと差し向かいで話すときにはかすかに身体が揺れていたし、安ウィスキーの臭い息を吐いた。

「あのダーキンの野郎」クラークは鼻で笑うように言った。「田舎者が！　あいつに――ヒック！――なにがわかる。いいか、ジム、ジム、相棒――」彼は気安い調子で身を乗り出し、わたしの肩に手を置いてバランスを取った。「おれは見たんだ、ジム。こいつは本当だからな。むこうには自社ビルがあって、そこで何百何千って人間が働いてて、そ、それに自前の工場と輸送ラインがあるし、そ、それに市全体を網羅する倉庫を持ってる。しかもこういう店舗を――国内の各州に出して、州によってはふたつも三つもある。それに――ヒック！――銀行もいくつか押さえてるんだぞ、ジム。所有してるようなもんだ。し、しかも口座は一年あまりで増えてるから、銀行にその書類を持っていけば現金になる。思いどおりにできるんだ、わかるか？　われわれがやるみたいに鞭を振るえば、そう、そういうことだ、ジム。馬鹿どもが小銭を稼いでくるかぎり、お、お――おれたちはな――」

クラークはふらついて後ろによろめき、自分のデスクにぶつかった。そのまま座りこむと、宙に向かってしかつめらしくうなずきながら口のなかでぶつくさ言った。

「そ、そうさ。お、おれは見たんだ。社員と自社ビルと工場と、ぎ、銀行と倉庫と……

全部な。わざわざ訊ねるまでもない。おれは見たんだ。そこに——ち、ちゃんとあった。そこに、ちゃんとな。そこにある、それだけのことさ。そこになけりゃ、じゃあ——ど、どこにあるってんだ？　なあ……どこにあるんだ」

二週間後、チェーンは店じまいした。

11

その夏はあれこれ雑用をこなして乗り切ったが、どの仕事も実入りは数ドルだった。秋口になって、たまに販売員をやっていたラジオ店が低価格の卓上モデル――当時の新製品である――をつぎつぎ売り出し、わたしは濡れ手で粟の金を得た。これで恐慌に勝ったという確信ができた。その調子で、大学の秋学期に再入学を果たしたばかりか結婚もした。妻はまともな仕事に就いていた。おたがいの了解のうえで、仮にわたしが苦境におちいった場合には、大学を出られるように妻が財政援助をしてくれることになった。また、わたしが地歩を固め、よりよい準備ができるまで、それぞれ自分の家族と住みつづけることにした。

ああ、新婚夫婦のなんと都合よくできた計画であることか。ラジオの鉱脈には、セールスマンが余所から大挙して押し寄せてきた。数週間のうちに、不況で狭まっていた市場は飽和状態となり、わたしの儲けはなくなった。ほかに職は見つからなかった。結婚の事実を知った妻の雇い主は（それまで秘密にしていたのだ）、既婚女性は雇用しないという規則を盾に妻を解雇した。さらに事態を複雑にしたのが、彼女の妊娠が発覚したことだった。

　母とフレディは祖父母の家にもどっていった。わたしは大学をやめ、返還された授業料を妻に送ると旅に出た。

　職を探して、ネブラスカを縦横に十回はヒッチハイクしたのではないだろうか。自分の口を糊するのもやっとだった。やがてそれすら難しくなった。十一月後半、オマハの街で、わたしは限界まで追いつめられていた。栄養不足でめまいがした。何週間もの野宿で服はぼろぼろだった。冷水でひげを剃ったり洗ったりしたせいで、顔は傷だらけで薄汚れ、ひどい人相になっていた。

　夜が来た。雪が降りだした。公園のベンチから起きあがったわたしは、ふるえながら通りをさまよった。人気のない玄関に逃げこむと、丸めた身体を錆びて汚れたスクリーンドアに押しつけた。その建物は商業地区のはずれの、ろくに街灯もなく半ばスラム化したあたりに立っていた。数フィート離れた角にバスの停留所があった。そこにバスが停まり、身なりのいい中年男が降りた。

　男は闇に向けて怪訝そうに目を走らせた。それから「まったく」とつぶやいて縁石にもどった。どうも停留所を間違えて、つぎのバスを待つことにしたらしい。わたしは立ちあがり、ずんぐりとした男の立派な服装を見つめていた。それまではただの一度もせびろうと――物乞いをしようと思い立ったことはなかった。なにしろ、そのやり方もわからなかった。しかし凍死か餓死かするくらいなら、やったほうがいいという気がした。たぶん、まえもってプライドを呑みこんでしまえば、そんなにひどいことでもないだろうと思ったのだ。そこにいるのはふたり、男とわたしだけで、この不名誉を目撃する人間はいない。

戸口のところから歩み出たわたしは、背後から男に近づいた。そして――いや、自分で何を言ったのかはわからない。だが緊張と不安から、嗄れ声が出てしまったのだと思う。男がわたしの訴えを要求と解釈したとしても責められない。

「おっ！」と男は洩らし、ぎょっとして振りかえった。

男は息を呑むと、顔をまた前方に向けた。ポケットを探った手が、一ドル紙幣二枚と小銭をつかんで現われた。男はその手を後ろに突き出した。で、振り向くことなく、わたしが礼を言う間もあらばこそ、通りを駆け足で渡っていった。

小さな葉巻店に駆けこんだ男は、店主に向かって言葉をまくしたてた。すると店主が電話をつかみ……わたしにも真実が伝わってきた。

男はわたしが強盗を働いたと思ったのである。彼は警察を呼ぼうとしている。

わたしは衰弱していることも、頭がふらついていたこともすべて忘れた。そこから五分あまり、無為に日を送った青春時代の運動能力――マラソンをよみがえらせた。警官が〝強盗〟の現場に到着したころ――その点、警察の動きに無駄はなかった――わたしは苛立つサイレンの音が聞こえないところまで逃げていた。

まともな食事を取り、理容学校へ行くと効果はてきめんだった。だがあの晩、一泊五十セントのホテルの部屋で、わたしはネブラスカを捨てる決意をした。ここにはなにもない。ほかへ行ってもないかもしれないが、ここにはなにもないことをはっきり理解していた。

翌朝、ヒッチハイクでリンカーンにもどると、妻に別れを告げた。愉快な場面ではなかった。いつにもまして辛かったのは、妻の年老いた両親に――彼らからすればしごく当然のことだけれど――娘にたいするあまりの仕打ちと受け取られたことである。

それはともかく、わたしはその晩、貨物操車場まで歩いて南行きの列車に乗った。南部では、困れば野宿もできる。

その列車に連結された空の有蓋貨物車二輛は（つまり、有料貨物は積まれていなかった）、すでにわたしのような旅人で満杯だった。そこで寒さから身を守ってくれると信じて、無蓋車に載せられたトラクターの陰に席を取った。

これが間違いだった。列車が速度を出すにつれ、零下の風が四方からわたしを叩き、凍てつかせた。積もる雪に、わたしはほとんど石像と化していた。

リンカーンを出て二時間で停車することは知っていたので、そこで寝て暖を取ることに決めた。だが寒さと疲労のせいか、わたしは意識を失った。気がつくと夜が明けて、車上にいたわたしは凍りつく寸前で、身体を動かすこともできずにいた。

列車はカンザスシティにはいった。そこでふたりの浮浪者の手を借り、どうにか下車することができた。

そのまま一週間滞在した——寝ていた、と言うべきだろう。ホーボーの溜まり場《ジャングル》になった草むらで肺炎に苦しみながら、凍えるのと灼かれるのを交互にくりかえした。さいわい遺伝的に強健な体質で、本当に運がよかった。わたしが紛れこんだのは昔ながらのホーボー、つまり渡り労働者という人生を選んだ連中の群れで、恐慌によって生まれた浮浪者とはちがった。かつて、わたしたちはよく場所を同じくしていた——パイプライン建設の仕事、南部や西部の〝襤褸の町《ラグタウン》〟で。わたしはフォア・トレイ・ホワイティやハーフ・ア・ハーフ・パイント・キッドのことを物知り顔で語り、携帯燃料をハンカチで濾して乾燥したパンにアルコールを染みこませる方法を心得ていて、〈ザ・ギャロウ・ソング〉の歌詞を知り尽くした彼らの仲間だった。早い話が痛みを分かちあった友で、彼らから手を差し伸べられる理由はあったし、現実に助けてもらった。病気ですっかり弱った状態から脱け出せたのは、やはりホーボーの恩人たちのおかげが大きかった。

移動ができるようになった初日に、わたしは街の反対側にある別の操車場まで歩いていった。着いたのは夜で、ちょうど南へ向かう列車が出発の準備をしていた。空いた有蓋貨車を探すうちにすっかりくたびれてしまい、ゴンドラ車であきらめることにした。

そこには硬材が積んであったが、びっしりというわけでもなかったので、板の端のあたりに横たわった。準備中の列車に乗るという知恵に、われながら感心していた。操車場の周辺から飛び乗ろうという浮浪者たちには、わたしのように寝台を選ぶことはできまい。

列車が重い腰をあげて前に出て、滑らかに動きはじめた。機関車が汽笛を短く二度鳴らすと速度を増した。そして長く揺れる汽笛を合図に、列車は走りだした。わたしは不安になって起きあがり、ゴンドラ車の側面から外を見やった。

ちょうど操車場を出るあたりで、早くも時速四十マイルは出ている。線路際から離れるようにして立つ男たち——浮浪者——は、通過する列車の積荷にまるで無頓着だった。照明が照らす分岐に差しかかったときに視線を凝らしてみたが、どの車輛の扉も閉じていた。そこで板材の上に乗って前後を見通した。

人の姿はなかった。屋根に登る者はひとりとしていなかった。どうやら有蓋貨車にも乗客はいない。わたしはふるえながら、ふたたび長く尾を引く汽笛を聞いた——急行にちがいない——そこでようやく、自分がとんでもないミスを犯したことに気づいた。

ゴンドラ車に騙されたのだ。わたしの経験上、無蓋車は貨客両用列車に連結されなかった。にもかかわらず、これは貨客両用の急行列車で、当時の鉄道がいかに寛容だったとはいえ、急行への上乗りは黙認しなかった。この種の列車は貴重な貨物を運んでいた。そこに乗りこもうとする者は自動的に泥棒とみなされ、それなりの扱いを受けるのである。

わたしは板材の上にとどまった。しばらくして、長い車列の先頭に灯火が見え、最後尾にも光が浮かんだ。そのふたつがおたがいに向かって、わたしに向かってゆっくり近づいてくる。左右に動いてはときおり死角に消えた。その正体は鉄道員、貨物の点検をくまなくおこなう警備員だろう。彼らがここまで来る時間は？　で、ここまで来たら……？

わたしはその進展を見守った。あっという間に過ぎていく村の灯が恋しかった。機関車は心かき乱す咆哮をあげながら、急行の優先権を主張して夜を切り裂いていた。

スピードがもたらす風は凍るように冷たかったが、わたしは汗をかいていた。焦りのなかで、どうしたらいいかを考えた。飛び降りることはできない――列車は分速一マイルかそれ以上で走っている。かといって、この場にもいられない。たぶん銃で撃たれる。よしんば警備員がわたしの丸腰を認めたとしても、棍棒で気を失うまで殴られる。

中西部を広く旅してきて、鉄路の要所であるカンザス州フォート・スコットからそう遠くない場所にいることははっきりしていた。しかし距離があとどのくらいあって、鉄道員に見つからないうちに着くかどうかは不明だった。まして列車がフォート・スコットで停車するか、せめて飛び降りられる程度に減速するかもわからない。

鉄道員がひとりは前、ひとりは後ろから近づいてきた。わずか三輛先まで迫っていた。わたしはゴンドラ車の縁から身を乗り出し、前方の闇を凝視した。

光。たくさんの光が見えた。フォート・スコットだ。そして――そしてそう、列車はかすかにだが減速していた。でも充分な減速ではなく、まもなくスコットというわけではなさそうだった。まだ数分はかかるし、鉄道員たちは二輛先まで来ていた。

ついに最後の車輛に移った鉄道員たちが、わたしを見つけて叫んだ。わたしは両手を頭の上に掲げて叫びかえした。だが暗闇でこちらのしぐさが見えなかったのか、見えても危ない橋を渡る気がなかったのか。「あいつを捕まえろ!」という叫び声につづき、ふたりそろって恐ろしい勢いで前方に飛び出した。どちらも太い棍棒を革紐で手首に掛け、ガンベルトに銃を挿していた。

双方が貨車の端まで同時にたどり着き、梯子を下りはじめた。ゴンドラに飛び移ると、棍棒を振りあげてわたしに突進してきた……

子どもの時分、母方の祖父から荒唐無稽な話をずいぶん聞かされた。さりげなく自分の体験に仕立てた寓話である。祖父の好きな話のなかに、マウンテン・ライオンに襲われ、木に登って逃げた狩猟犬というのがあった。「そんなことできる?」わたしは文句を言った。「犬は木に登れないよ」「それは犬による」と祖父は切りかえした。「この犬は登るしかなかったんだ」何十年も経って、それがようやく腑に落ちた。

そろそろフォート・スコットのはずれだった。列車はいまも相当なスピードを出していた。それでも、わたしは飛ばなくてはならなかった。人は必要に迫られたことはやる。

わたしはゴンドラの側面を乗り越えた。後ろを振り向き——闇を見つめた。そして警備員の角灯が瞬き、彼らの棍棒が下ろされたそのとき、わたしは飛んだ。外側へ身体を振り、後ろに向かって手を放した。

この付近の線路は高い傾斜の上に敷かれていて、しばらく落ちたと思うとシンダーに覆われた盛り土に足が着いた。着いた瞬間、ばねでも踏んだかのごとく宙に投げ出された。完璧な宙返りをしたあと、着地を決めるとふたたび空を飛んだ。肩から落ち、そのまずっと滑っていった。肩と背中で滑って、ついに盛り土の下まで行った。耳のなかでは、獣の遠吠えのような奇妙な悲鳴が聞こえていた。一分、二分が過ぎ、そこで初めて自分がショックと苦痛のあまり叫んでいたことに気がついた。

わたしは笑いながら身を起こした。顔を両手に埋めて前後に身体を揺すり、こうして生きていることが信じられないまま泣き笑いした。やがて気を取りなおすと線路まで登り、重い足取りでフォート・スコットをめざした。浮浪罪で逮捕されてひと晩牢に放りこまれ、朝になって町を流れ出た。

わたしは出身地のオクラホマにたいし、ときに相当厳しい目を向けることがある。それはひとつには、国内ではつねに、どの州よりも群を抜いて政治的に腐敗しているからである。しかし、全体としては好もしく自慢に思っていて、〝オーキー〟を見くだすようなことを言い、州の〝後進性〟について知ったような口をきく人間にはすぐ腹を立てる。政治に関していえば、オクラホマは、ブルッキングズ研究所の表現を借りると〝バルカン・アメリカの中心〟かもしれない。だが多くの面で、オクラホマは大多数の州よりはるかに進んでいるのだから、比較をするだけ惨めな話だ。

統計をいくつか引き合いに出すと、舗装路、高等教育機関、遊び場や公園の数は人口比でどの州よりも多い。労働局がちゃんと機能している――腰の定まらない専門家を集めた看板倒れの役所ではない。慈善および矯正の部局は、刑事関係や福利厚生の権威の間で長く模範とされてきた。南部の某州とちがい、オクラホマは業績の自慢はしない――あくまで私見だが、そこがまったく足りない。進歩、そしてその目的である豊かな暮らしは、市民の受け取るべき報酬とされる。州の大富豪だった人間が文無しで故郷にもどっても、自分たちより貧しい人々との交流や、また彼らへの思いやりを失うことはないのだ。

十一月の底寒い夜、わたしは腹を空かせた不潔な浮浪者として、オクラホマシティで貨物列車を降りた。そこで早速のように、パトロールカーで巡回する警官に拘束された。その流れからして逮捕されたのだと思ったし、警官たちのやさしい言葉は皮肉としか聞こえなかった。だが、それはオクラホマシティの警察のやり方ではなかった。市の保護施設に運ばれたわたしは食事をあたえられ、身体も洗うことができた。それから、交代した警官コンビの車で繁華街まで行った。この警官たちから、今夜泊まる〝ホテル〟を選ぶように言われた――ホームレスに門戸が開かれていた市の留置所の一画か、あるいはこれもわたしのような人間のために夜間開放されている、市の裁判所内の法廷か。警官たちは、留置所は混みあっているから、法廷のベンチで寝たらいいと言った。わたしはこの助言にしたがい、何週間かで初めてぐっすり眠った。たしかにベッドはなかったけれど、ベンチは清潔で室内は暖かかった。朝になって通りにもどると、不思議と気分は爽快で希望に満ちあふれていた。

市には、ゆうべ連れていかれたようなスープ接待所が何軒かあった。浮浪者であるかぎり、ましなことなどありはしないが、〝いい人〟を演じるかと思うと気が引けた。自分というものをなくしたら、卑しさとあきらめのなかに引きこまれてしまうのではないか。ゆうべは選択の余地がなかった。でもいまは腹が減っていても餓えてはいない。だから食料を手に入れる別の方法を探す、それが見つからなければ我慢すると決めた。

わたしは街の南側へ行き、当時は貧乏人の楽園だったリノとワシントンの両通りをうろついた。界隈には新品の靴が一ドル、男性の服一式（〝新品同様〟）が二ドル五十、清潔なホテルの部屋が月五ドルといった看板が出ていた。一ポンドのバターが十セント、一ポンドの極上ポーターハウス・ステーキが十二セント、高級品のコーヒーが三ポンドで二十五セント、と客を呼びこむ店や市場があった。卵は一ダース六セント、牛乳は一クォート五セント、パンは三斤で五セントだった。レストランはというと――こぎれいで健全な匂いを漂わせ、メニューを窓に貼った店が、それこそ商品を投げ売りするような按配だった。

ソーセージを添えた大きなホットケーキ三枚にバターとシロップ、それにコーヒー付きで――なんと五セント！　ローストビーフ・ディナーに四種の野菜と飲み物が付いて十五セント。卵にハムかベーコン、フレンチフライ、ホットビスケット、マーマレードにコーヒーで十セント。ちょっと考えれば、オクラホマシティでは一日一ドル足らずでかなり気前よく生活できる計算である。残念ながら、わたしの懐には一ドルが、その百分の一さえもなかった。

口に涎を溜めながら、眺めていたメニューに背を向けたわたしは、隣りに立っていた鳥のような忙《せわ》しい小男と鉢合わせした。

「ジム・トンプスンの倅じゃないか？　そうだ、やつに生き写しだ」男は頭を揺らしながら、うれしそうに笑いかけてきた。「街で何やってるんだい？　親父もいっしょか？けど、おれのことは憶えてないだろう？」

あいにく憶えていないと答えるつもりだったが、男はその隙もあたえず、たたみかけるように自己紹介をした。彼はわたしが生まれたアナダーコ出身の酒場の元オーナーで、父がその地で連邦保安官を、のちに郡の保安官を務めた縁があった。男と妻は、いまはここオクラホマシティで下宿屋を経営しており、〝いちばんの親友〟の息子であるわたしが入居してくれるなら、なんの不都合もないという。

「ありがたいです」とわたしは言った。「きっとのんびりできると思うんですが、オクラホマシティにはずっといるつもりがなくて」

「どうして?」男はすかさず言いかえした。「連邦一の州のなかでも最高の街だぞ。ここで見つからないものが、ほかのどこで見つかるっていうんだ?」

「ですから、ぼくは部屋を借りられないんです。一文無しで、仕事もないしで――」

「ふん」男は鼻を鳴らした。「あんたがその恰好で仮面舞踏会にお出ましだと思うか? どうしたって文無しだ。仕事もしてない。お見通しだよ」

家に来ればすっかりくつろげるぞ、と男は断言した。なにせ、ほかの間借り人もみんな文無しなんだから。連中はたまに雑用仕事で一ドル程度稼いで、金は払えるときに払う。あんたもそうすればいいし、そうしてくれないとこっちの名折れだ。

こうしてわたしは彼の家へ行き、奥さんに盛大な朝食をふるまわれた。夫妻は丸一日、わたしにあてがった一室――家でいちばんの部屋だった――に出入りして、ささやかな世話を精一杯焼いてくれた。出してきてくれた古いスーツは、わたしにはサイズが合わず、擦り切れていたが、着ていた服にくらべたら素晴らしいものだった。また古くても実用に耐えるタイプライターと大量の紙も用意してくれた。

オクラホマシティですごしたあの冬の記憶は、いまもくっきりと脳裡に焼きついている。二篇書いた小説がどちらも売れなかったこと。業界誌に三十万語の記事を売って、その十分の一の稿料も取れなかったこと。時給十セントでチラシを配り、下水溝掘りをやって金にならなかったこと。アリー・アイヴァーズに卸売り詐欺に引っぱりこまれたこと。そしてトリクシーという名の小さな娼婦のこと。

下水溝の仕事は州が出資する、いわゆる〝救済〟事業だった。だがわたしが見るかぎり、救済されるのは政治がらみの一握りの有力者、つまり事業の〝管理者〟と不動産所有者だけだった。管理者たちはなにもせずに法外な給料をもらっていた。不動産の持ち主は、自分の所有地の価値を高める改良をただ同然で受けられた。われわれ、危険かつ過酷な条件下で十一フィートの下水溝を掘る男たちは――まあ、われわれの一部が受け取ったものについてお話しすることにしよう。

この仕事を持ち込んできたのは、以前油田で働いていたジグズとショーティ――詳しくは後ほど――で、ふたりはわたしと同じ家に住む間借り人だった。交通費にも事欠くわたしたちは、現場までの往復八マイルを歩いて通った。雇われていたころは雨や雪がつづき、着ていた服が次のシフトまでに乾き切ることはなかった。事業自体について言うと、人をあそこまで冷酷で粗末に扱う現場は見たことがない。

下水溝の上縁には、掘られた土をどかしていく作業員がいなかった。溝が深くなるにつれ、土を投げあげようにも上まで届かなくなっていく。そこで長柄の匙（シャベル）の先端を握り、湿気をふくんだ土を全力をこめて持ちあげる。土は溝の縁に危なっかしく載るのだが、やがてゆっくり、しかし確実に崩れて、その四分の一は掘り手の顔に落ちてくる。だが何より厄介なのは、溝に突っかいがないことだった。崩落を防ぐ支柱がないので、水を吸った地中深くでは絶えず土が崩れた。

この崩落というのが恐ろしかった。生き埋めにされると思えば、その怖さもたいがい理解してもらえるだろう。崩れ方は二種類あって、ひとつはにわかに側面が膨らみ、膝や腰の付近で身動きがとれなくなるもの。もうひとつ、いちばん怖いのが上からの崩壊だ。まるでランプが切れたように空が突然見えなくなり、誰もがあわてて身を投げ出し、崩れた場所から逃げまどう。その直後には、いままで働いていた場所は溝ではなくなっている。十一フィート分の半ば凍った泥濘にすぎなかった。

なぜそんなやり方だったのか、理由はわからない。同じ作業を二度やるというのはじつに不経済である。思うに、このお粗末な状況を招いたのは管理がひどかったというより、管理が皆無だったからだろう。概して、管理者というのは建設現場のことをほとんど、あるいはまったく知らず、形だけ現場に顔を出してみせる。監督代理がそんな調子だから、給料小切手のことを心配する部下は計画の不備を指摘したり、労働条件の改善を要求することができない。

二週間の給与期間が終わると――月に十二日間しか労働は許可されなかった――ジグズ、ショーティとわたしは街に出て、事業局で労働時間を申告した。わたしたちの日当は一日八時間労働で一ドル二十五セント、つまり各人が十五ドルという計算である。ところが、満額の小切手を受け取ったのはジグズひとりだった。ショーティが手にしたのは五ドル、わたしに振り出された額は二ドル五十。

むろん抗議はしたが、窓口のむこうに座る肥った紳士は、わたしたちを冷たく突き放した。

「私に言うな。こっちの役目は小切手を渡すことだけでね。文句があるなら現場の管理係とやってくれ」

「なるほどね」わたしは言った。「それで話を通したら、いつ小切手を受け取れますか?」

「さあね」相手は肩をすくめた。「こっちには関係ない」

ショーティとはしばらく相談したが、話をするだけ無駄だった。結局あきらめて、翌朝現場にもどった。管理係は不在だった。管理係にしても、われわれ同様——報酬はずっと高かったにせよ——月二週間だけの勤務は変わらなかった。わたしは彼の住所を突きとめ、ショーティとふたりで家を訪ねた。若い男は——切れ者ではなかった——わたしたちの話を心ここにあらずといった様子で聞いていた。

「そっちの勘違いだろう」と男はぼんやり言った。「小切手の額面が間違ってるわけがない」

「だから」とわたしは言った。「額面は間違ってないと言ったって、現実にちがうんだ。ぼくらが丸十二日間働いたことを、ちゃんと書いてくれたんですか？」

「ちゃんと働いたんだったらな」

「じゃあ、ぼくらが働いたのを憶えてないとでも？　知らん顔をする気か？」

「誰のことも憶えてないな」男は不機嫌そうに答えた。「こっちにわかるのは、働いたら、その分はこっちで書き入れてるってことだけさ」

肩幅が身の丈ほどもありそうなショーティが毒づきはじめた。十ドルはもらう、それも現金でなければ、誰かさんの皮を剝いででも取り立てると宣言した。さすがに驚いた管理係は記録を出してきた。

「ここだよ」となだめるような口調で言った。「J・トンプスン——十五ドル。あとここ、あんたの友だちにも同じ額を入れてる」

わたしは名前があったページに目を通した。案の定、J・トンプスンはほかに二名いて、ひとりは勤務日数が二日、もうひとり六日と記入されていた。ショーティの場合も似たり寄ったりで、彼の姓もわたしと同じく平凡なものだった。要は愚鈍な管理係のおかげで、わたしたちの稼ぎは別人の手に渡ってしまったのだ。

では、この件について管理係はどう対処しようとしたか。そこはもう、打つ手はなかったのである。それでも、われわれの小切手を受け取った相手を探して交換を要求したらどうか、と言いだした。

「ふざけるな」ショーティが苦々しく吐き棄てた。「そんなもん、もう金に換えてるに決まってんだろう。どうやってむこうの間違いを証明するんだ?」

「それは——まあ——」

「どっちみち」とわたしは言った。「こっちはもう現金にしてるし。全額を受け取ってないって証明する方法はないんだ」

「それはまあ——」ショーティにこわごわ目を向けると——「たいへん申しわけないこ

とをした……」

ショーティは罵声をあげて出ていった。人を殺しかねない憤怒に駆られ、その若い男の前では自分を抑えておく自信がなかったのだろう。街にもどりながら、おれたちはペテンに掛かったんだ、とショーティは言った。もうこの話は忘れて、損の穴埋めをする仕事探しに集中するしかないと。

「でもさ」わたしは言った。「うまくいくかわからないけど、州の担当部署に掛けあってみようと思うんだ」

「やってみな」ショーティは落とした肩をすぼめた。「おれはもう白旗だ」

事業本部は繁華街の大型オフィスビルにあった。その日のほとんどを費やし、担当を盥回しにされたあげく、やはり満足な結果は得られなかった。夕方になり、これ以上は断念してエレベーターに向かった。

何台かあるうちの一台のドアが開いた。わたしが乗ろうとすると、オペレーターに締め出された。その男のほかふたりのオペレーターに目をつけられているのは、事務所内にいるときから気がついていた。彼らは交代でエレベーターを離れて廊下をうろついては、事務所の開いたドア越しにこちらの様子をうかがっていた。そのひとりが無表情な顔に意味ありげな微笑を貼りつけて、わたしの行く手をさえぎったのだ。

「あんたは乗せられないよ、旦那」男はそう言い放った。「業務用エレベーターを使いな」

「なんで？　おれは配達夫じゃないぞ。ちゃんと用事があって――」

「悪いな。命令なんでね。廊下を突き当たった右側だ。そこにいるのがあんたを下ろしてくれるよ」

わたしのみすぼらしい外見から出てきた侮辱であり中傷だった。南部では、誇りをもつ人間はそんな言動を見過ごしはしない。わたしは相手を押しのけようとして、逆に突きかえされた。無理やり乗りこもうとする目の前でドアがしまった。

わたしは操作ボタンを叩いた。つぎのエレベーターが来ても、オペレーターのわたしへの対応は最初とまったく同じだった。

「業務用エレベーターに乗るんだな、ご同輩。廊下を突き当たった右側だ」

「いったいどういうつもりだ？」わたしは怒って言った。「こんなことを、誰に言われてやった？　おれは正規の用件があってここに来たんだ。たかが服装のせいでおれをコケにする気なら――」

「おっと待った、ご同輩」――男はおもねるように笑った――「ほんの冗談だって。こいつはあんたの古い友だちの差し金だよ。おれも仲間も、言われたとおりにやっただけなんだから」

「冗談？　古い友だち？　でも――」

「いまにわかるさ。で、おれがばらしたなんて言わないでくれよな」

ドアがしまった。わたしは混乱したまま廊下を行き、業務用エレベーターの呼出しボタンを押した。すぐに来たエレベーターを運転していたのは、きゃしゃな体格にブロンド、青い目をした青年だった。そのタキシード風の制服の上着には〈見習い〉の文字がある。

「ずいぶん手間取ったな」と彼は言った。「おれが雇ったやつらと揉めてたのか」

「やっぱりそうか」とわたしは言った。「アリー・アイヴァーズ！」

13

アリーはその日の正午まえに、わたしがオフィスにはいっていくのを見かけた。言ってしまえば個人事業主であり、しかもろくに仕事がなかったアリーは、わたしと旧交を温めるのにわざわざこの手の込んだ作戦を採用したのだった。

「それに、そろそろ時間だ」アリーはそう言うとエレベーターを上昇させた。「おまえみたいに賢い男が、失業救済の事業所に出入りするとは！　これからは手を放さないようにするからな！」

屋上階でエレベーターを停めると、アリーはついてこいと合図をした。わたしが従うと、彼は合鍵でペントハウスのドアをあけ、なかへはいれと促した。

そこは凝ったレイアウトで、美しい調度を備えた住居とオフィスを組み合わせた部屋だった。バーへ行ったアリーがボトルを適当に何本か選び、大きなグラスに飲み物を二杯つくった。乾杯したあと、わたしはまだ用心しながら、アリーと並んで革張りのスツールに腰かけた。

「ここは誰の持ち物なんだ、アリー？」とわたしは訊いた。「自前だなんて言うな！」

「石油屋が持ってる」アリーは肩をすくめた。「そいつはひと月のうち一週間しかここにいないのさ。しかし、なんでそんなにビクついてる？　おれがおまえをトラブルに巻き込んだことがあったか？」

「おい！　あの警官のズボンを盗もうって誘ってきた話はどうなんだ、それにおれをカポネのギャング一味に引き入れたし、あと——そうだ、このまえリンカーンでタクシーを運転させたじゃないか」

アリーはにやつきながらボトルに手を伸ばした。わたしはあの晩、カントリークラブからどうやって逃げたのかと訊ねた。

「なんてことないさ」アリーは事もなげに言った。「ドアマンに葉巻を握らせた。それから、ベイブをタクシーに乗せて帰った」

「服も着ないでか？」

「それはまあ、暖かい夜だったからな。服は帰り道に着たよ。服の話が出たついでに、こっちだ」

ふたりして広大な寝室のひとつへ行くと、アリーはクローゼットの扉を開いた。そこには男物のスーツが少なくとも一ダース、トップコートが三、四着、靴の収納棚にネクタイも並んでいた。アリーは好きに選べと言った。

「誂えとはいかなくても、そこそこ似合うだろう。余計なことは言うな。ひと晩借りるだけなんだから」

「でも、どうして？　こんなこと——」

「雑誌の編集がしたいんだろう？　でかい友愛会の広報係になれ」

「それはいいけど、でも——」

「だったら言うとおりにしろ、おれは夕食を注文するから」

アリーからそれ以上の情報を引き出せなかったので、わたしは相当に気後れしながらも、クローゼットに掛かっていた立派な服に着換えた。靴だけは少々大きかったものの、ほかはサイズがぴったりだった。着換えが終わったころ、ウェイターが夕食を運んできた——特大のポーターハウス・ステーキ二枚と、つつましい宴にふさわしい付属品をすべて。アリーは伝票にサインをして（もちろん、ここの住人の名前を使った）、ウェイターのチップに五ドルと書き入れた。

「この男は伝票を確認したことがない」食事の席についたところでアリーは言った。

「おれはいつもパーティをここで開いてる」

アリーはかなり詳細に、またどこかすまなそうに、自分は見かけとは反対で、その日暮らしまで堕ちてはいないのだと話した。アリーはエレベーターボーイや掃除婦に斡旋してもらって、このビルでささやかながら儲かる仕事をやっていた——パンチボードのくじをやったり、これも富くじのラッフル券を売ったりして、オフィスを回る売人から手数料を取っていたという。また、言うまでもなく——とは本人の言だが——盗みも働いていた。

「そんな大それたもんじゃないって。こっちで切手を数ドル分、あっちでタイプライターのリボンを二、三個、つぎで文房具をひと箱とかね。そいつを小銭に換えてくれるやつがいるんだ」

わたしは頭を振った。「アリー、どうしてこんなことをつづけてるんだ？　自分の人生をどうにかしようと思わないのか？　きみは頭が切れる。性格もいいし、見てくれもいい。まっとうに生きるつもりなら、詐欺まがいのことはやめて——」

アリーはうっすら微笑を浮かべると、わたしのことをまじまじと見つめた。「なあ、ジミー？　それが何になる？　貨物列車に乗って？　十セントの飯と溝掘りの仕事？　襤褸《ぼろ》を着て草の上で寝る？」

「ああ、そうさ」わたしは譲らなかった。「いまはろくなもんじゃないけど、いつかそこから抜け出す。おれは――」

「そのとおりだ」アリーはうなずいた。「いまのおまえはそこから抜け出そうとしてるんだ。今夜を境にきっと楽になる」

「どうやって？　だって、何をすればいいんだ？」

「広報のことならお手のもんだろう？　小冊子の出し方とか？」

「そんな、お手の物ってわけじゃないけど――」

「それで充分さ。これからおれが紹介する連中に、おまえには腕があるって思わせればそれでいい。あとは任せろ」

ここでもまた、それ以上の情報は出てこなかった。厄介なことに巻きこんだりはしないから、とアリーがしつこく言うので――誓ってみせたので――わたしとしては納得するしかなかった。

食事が終わった。アリーは酒は勝手に飲《や》ってくれと言い残し、着換えをしに更衣室へ行った。もどってくると、バーにあった酒壜をブリーフケースに詰めこんだ。

このころにはもう少なからず酒がはいって、アリーという存在にたいする不安もすっかり薄れていた。すでに述べたように、わたしはアリーのことが大好きだった。アリーはその一風変わったやり方で、いつでも思いやりを示そうとしてくれた。で、いまはこちらの窮状を見かねて、金の詰まった帽子から肥えたウサギを取り出そうとしているのだ、とわたしは思うことにした。

わたしたちは階下へ降り、タクシーをブロードウェイの北寄りの住所まで走らせた。そこで下車すると、アリーの案内で二階の一室へ上がった。そこで紹介された男たちは、わたしの見立てでは、それなりに成功した下流の中産階級――理髪店の主人、デリカテッセンのオーナー、主任の簿記係といった面々だった。快活な男たちで頭もそれなりに賢いが、世情には通じていないようなところがあった。どうやらアリーは彼らに大人気だった。そのアリーが〝有名な作家兼編集者〟であると太鼓判を押したことで、わたしは気恥ずかしいほどのまぶしい視線を浴びた。

長い顔合わせがすむと、アリーはわたしを会議室に導き、長卓の上座に着かせた。そして狙いすました位置に酒壜を配し、万事うまくいくからと言い置いて部屋を出ていった。

三十分ほど経ってふたたび扉が開き、アリーが会の同胞たちを部屋に招き入れた。テーブルを囲んだ男たちの間で酒壜が回されていった。室内が煙草の煙で満ち、紳士たちに高級バーボンが行き渡ったところで、アリーはその晩の仕事に取りかかった。

友愛会は過去数カ月にわたり、小冊子か新聞の発行を検討してきたのだ、とアリーは言った。すべての会員が誇りをもち、胸を張って生きていけるようなものをつくらなくてはならないと。その定期刊行物の発刊の遅れは、いまや会の不名誉となりつつある。もはや言い訳はいらない。ここに全国で一、二を争う有名な広報の専門家であり、編集者に来ていただいた。純粋に友情と大義でもって、彼（すなわち、わたし）は無料で刊行を進めることに同意してくれた……ただし個人の経費だけは別で。いま必要なのはお集まりの諸氏、つまり会の屋台骨を支える会員たちで費用を負担して——

会員のひとりが咳払いをした。それでこの話には——その——いくらかかるんだろうか？

「三千ドル」とアリーは答えた。そしてテーブルを見まわし、会員の間に困惑の表情がひろがっていくのを見て取ると——「これはトンプスン氏がざっと見積もった額でしょうから。どうです、ジム？　もうすこし予算を抑えることは可能ですか——そう」——もう一度会員のほうにすばやく目を走らせると——「二千程度に？」

うなずいたわたしはなんとも困った顔をしていたのではないだろうか。というのも、ざっと見積もるどころか、アリーにはなにひとつ伝えていなかったからだ。うなずくほかに反応する暇もなく、アリーが先をつづけた。

「二千ドルとしましょう。みなさんがひとり頭百五十ドルを出せば、しめて千八百ドル。残りの二百は私が負担します。貸付金がもどるまで、広告料と購読料はこちらが先取権を持つ——これはトンプスン氏の提案で——私たちは購読料が生涯無料になります。言い換えると、私たちは出版の資金提供をしたという名誉を得たうえ、大いに報われることになって——」

「アリー」わたしは席を立った。「無理だ——それは——」

「そうだった」アリーはさらりと言ってのけた。「あなたに別の約束があったことを忘れてました。どうぞお急ぎを、あとでお目にかかります」

「でも——」

「謝ることはありません。みんなわかってますよ。さあ早く、あとは私のほうで会議を進めます」

アリーは会員たちの注目を自分に惹きつけると話を進めていった。場違いな集団のなかで、気まずく立ちつくしていたわたしはその場を後にした。そうするほかなさそうだった。いずれアリーの詐欺を止める機会が来るだろうし、そこでアリーを懲らしめてやるつもりでいた。

表の階段の下で待ちながら、わたしはアリーがつぎにどう出るか、この集団からどうやって千八百ドルを引き出す気なのかと思案した。彼らが今夜、そんな大金を持ちあわせているはずがなかった。また細々とした財産しか持たない彼らが、ひとり百五十ドルの小切手を切って渡すとは考えられない。そう、いまはうまくやっているにせよ、しょせん彼らも水溜まりに泳ぐ小魚なのだ。そんな男たちにとって、百五十ドルの損失は財政的な打撃になりかねない。

そうしてなおアリーの手管に思いを馳せていると、当の本人が階段を駆けおりてきた。非難と質問の攻撃にさらされると覚悟していたアリーにたいし、わたしは彼を当惑させるためにあえて無言を貫いた。沈黙といっていいなかをペントハウスまで帰ると、私は黙って寝室へ行き、自分の服に着換えなおした。アリーは居間にもどったわたしに物問いたげな目を向けてきた。

「おい、成功したぞ、ジム」

「成功した?」

「座って一杯飲《や》ったら話してやるよ」

わたしは躊躇しながら腰をおろし、酒を手にした。アリーは顛末を語った。友愛会の会員たちは、おたがいに連帯保証人となって小切手を振り出すことにした。それだとリスクは低く、手形を割引く際に問題はこれっぽっちも起きない。あとは会員たちを連れて銀行へ行き、金を受け取るだけでいい。

「一日か二日で方がつく、そしたら――」

「そしたら高飛びか？」

「話を聞けよ」とアリーは言った。「ここいらの小さな印刷屋は、どこも仕事がなくて悲鳴をあげてる。おれたちはその一軒をあたって、チラシをつくる年間契約を結ぶんだ。やつらはなんでもやる、友愛会の会報作りでもな。むこうにやるのは三百ドルとして、千ドルの請求書を出させる。千八百のうち、残った分はおまえの経費だ」

わたしは座ったままアリーを見つめていた。アリーの得意そうなにやけ面が、しだいに不服そうな表情に変わっていった。

「おい、何が悪いんだ？　不満があるなら言ってみろよ」

「そうじゃない。完璧さ。きみの友愛会の友だちは騒ぎ出すかもしれないが、どうにもならない」

「友だちだと！　やつらはカモだよ。あの会にはいってから、いつか出し抜いてやろうと手ぐすね引いてたんだ……。この話に関しては、友だちはおれたちだけさ、おまえとおれのな。おれはおまえの人生の半分は知ってるし、おまえのことは昔から気に入ってる——」

「こっちもおまえのことは気に入ってるさ。金を儲けることばかり考えてるけど、そのたくらみっていうのが犯罪というよりユーモアにあふれてる。狙う相手も詐欺師か、やられて腹が傷まないような連中だった……。今夜会ったのは、つましく仕事や商売をやってきて、他人を信じて疑わない人たちだ——昔だったら手を出さなかったよな、アリー。おまえが本気でやるとは思えない」

わたしはグラスを置いて立った。アリーが苦い顔で立ちはだかった。

「やらないのか、ジム？　きょう、すっからかんでここに来たおまえに、おれは千ドルを手渡したようなもんなんだ——なあ、千だぞ。おまえのほうで千ドル取って、おれは——」

「やる気はない」とわたしは言った。

「昔とはちがうんだ、ジム。思うようにはいかないのさ。いいか、こいつはおまえのためを思ってやってるんだぞ。勝手に手を引いて、あいつらにおれの口から説明させようたってそうはいかない、そんな面倒な――」

「手を引くんじゃない。もともと組んでない。最初に言ったじゃないか、おれは詐欺みたいな真似はしないって」

「じゃあ、どうするつもりなんだ？　溝を掘るのか、お友だちにたかるのか？　せっかくここまでうまくお膳立てしてやったのに、おまえはおれの――おれの――」

わたしはアリーのことをひたと見据えた。アリーは顔をそむけた。歪んだその顔に恥じらいが見えた。「ああもう、ジム、そんなつもりじゃないんだって。ただちょっとがっかりしちまっただけさ。わかるだろ、おまえがずっとその、なんていうか……？」

「何を言いたいかはよくわかる。で、おれは下まで歩いて降りるのか、それともエレベーターで送ってくれるのか？」

わたしたちはエレベーターで階下に降りた。それぞれ別の意味でたがいに傷つけられ、玄関で別れた。その後、わたしたちはオクラホマシティで何度かばったり出くわしたが、気まずさ、堅苦しさは残ったままだった。アリーは自分を恥じていた。恥じ入るきっかけをつくったわたしに腹を立てていた。

何年も経って別の街で再会したとき、アリーはまだ傷つき恥を抱えていたが、わたしたちの間に張った氷にひびを入れ、ふたたび友情をきずく道を探そうとしていた。彼が採ったその方法に、わたしは驚愕した——それはもう、なんとも尋常ではなく。髪が真っ白になるほどのことだったけれど、それだけのことはあったと思う。

その話はいずれ時が来たらするつもりでいる。

ショーティとジグズは黄金のありかを知っていた。これは比喩表現だが、つまりは金目のものという意味である。テキサス東部の中心、かつて大農場が広がっていた場所に、高価なパイプを延々通したまま遺棄された油井があった。長年耕作されることなく、くたびれ果てたその土壌には、雑草やら二次林が鬱蒼と生い茂っていた。現在の所有者は転売の価値を考え、パイプの取りはずしによろこんで応じるというのだ。

ショーティの話では、くだんの農場主は掘削業者が石油発掘に失敗したことに憤り、業者とその従業員を銃で追い払った。業者は機械や装備類の返還を求めて提訴した。農場主は対抗訴訟を起こした。長い係争のすえ、業者より金を持っていた農場主が勝訴した。しかし、その勝利は虚しいものだった。短気で頑迷な農場主のことは油田業者間に知れわたり、廃棄物の回収に手を出そうという者は現われなかった。即金払い以外、交渉には応じないというのである。そうこうするうち、土地の所有者は破産寸前におちいったが、交渉については相も変わらず頑なな姿勢のままだった。

農場主が死んで、相続人たちはその所有地を小作地として売り払った。質の悪い農地は所有者の間を転々とした。なかにはとても一家を養えない土地もあり、もとの四十エーカーの区画の統合がくりかえされていった。そうやって広い地所になったところで、荒廃した土地は耕耘する値打ちもないようなありさまだった。そんないわく付きの場所に、〝われら〟の油井は立っていた。

「どうかな、ショーティ」初めて話を聞かされたとき、わたしはそう言った。「なんだかどこかの油田のおとぎ話みたいで、現実の話とは思えない。自分の目で見たのか？」

「そりゃもちろん。おれも最初に聞いたときは信じられなくて、何はともかく場所を見にいったんだよ。土地を持ってるやつに話をして、ジャングルのなかをへとへとになって歩いていったら、あったよ、油井がさ。高級品の鋼管が五千フィート以上だ。そいつが無料《ただ》――そう、穴のなかで凍りついちゃいねえ。揺すって確かめた」

「でも、先のほうでセメントで固めてあるかもしれない。たとえば千フィートのあたりでセメントを入れても、多少は動くから」

「そんなセメントを入れる必要なんかあるか？　石油は出なかったんだぞ」

「そうか」わたしは肩をすくめた。「どうなんだろう。農場主がやった可能性はある。他人にパイプを盗まれるんじゃないかと心配して――」

「けど、そんなことしたら、てめえで動かせなくなる。ちがうか？……あんたの気持ちはわかるよ、ジム。話が出来すぎで、どっかに罠があるんじゃないかって思ってるのかもしれないが、断じてそんなことはないって」

「櫓と掘削装置と工具類は残ってるのか？　それもまともな状態で？」

「仕事をやるには充分だ。そりゃ、これだけ年が経って一級品はないさ」

「地上にある物をトラックで運んで売るだけじゃだめなのか？」

「おい――」ショーティはうんざりした顔をしてみせた。「油田で働いてたあんたが、そんな質問するかよ？　あそこは油田地帯じゃねえ。二十トンからの機械を僻地から引っぱりだして、千マイルも輸送したら手もとにいくら残るんだ？　パイプは――鋼管は――ちがうぞ。百マイル以内にパイプ置き場が何十とある。鉄道までツケで運ばせて、おれたちの荷積みの代金も乗っける」

ショーティはドリラー、ジグズはドリラーの助手――ケーブル式掘削装置専門の作業員だった。彼らは事前の準備を手伝い、作業がはじまれば火夫兼雑用係をこなす第三の男を探していて、わたしはその候補に挙がっていた。また彼らの計画では、必要物資の購入費、修繕費、ボイラーの燃料油代で約三百ドルが必要だった。

三百ドル。これこそわたしたちの間に立ちはだかる難題である。大金を三分割！

わたしたちはとことん話し合った。ほかに話題がなくなるまで話した。夜は凍える部屋に集まり、硬くなったパンとお茶を夕食にして、五セントの煙草袋から最後のひとつまみを取り出すと吸いさしを回しながら、ひもじさを抱えた三人のルンペンが金持ちを夢みて語った。鉛筆と紙を出してきて、議論に論争を重ね、計算に計算を重ねた。するとあの恐るべき、あの憎々しい三百ドルが縮小しはじめたのだ……食費？　儲けの分け前がふえると思えば、あの農夫がまかなってくれる。旅費その他の雑費？　それは歩くか貨物列車に乗ればいいし、雑費なんか知ったこっちゃない。機械の新しい部品は？　それはショーティとジグズの手持ちの工具があるし、おれたちの時間なんて惜しげがない。古い部品を組みなおせばいいのさ。

三百ドルの予算を百ドルまでカットしたものの、話はそこで行き詰まった。燃料油の百ドルだけは欠かせないというのに、これが頼んでも、借りても、引っくりかえっても用意できない額なのだ。

百ドルを集める見込みがないとなったこの段階で、わたしはあきらめた。だが、機械好きの友人たちは敗北を簡単には認めなかった。相談をつづけて数日、紙と鉛筆をふんだんに使ったすえに、彼らは解決策をたずさえてわたしのところに来た。

油井の周囲には雑木林が何エーカーもひろがっている。だったら、油やガスが燃料のボイラーじゃなく、木を燃やすバーナーに換えて送風機を付ければ必要な高熱も手にはいるじゃないか……。これで準備はととのったのだが、わたしはまだ迷っていた。すでに、ものになりそうな原稿（ものになると勝手に思っていた原稿）を何本か投稿していたし、小説を一篇脱稿する寸前まで来ていた。しかも、思えばこれが逡巡するいちばんの理由だったのだが、貧しいながらもいまある状況から数週間、おそらくは数カ月におよぶ仮借のない辛苦へ身を投じることに腰が引けていた。

わたしは時間が欲しいと頼みこみ、ジグズとショーティは渋々承諾してくれた。そんなわたしに、我が道を行くように促したというか、尻を叩いたのが前述したトリクシーだった。叩くとは、まさにそのものの意味である。

トリクシーはネクタイの行商人を装ってわたしを訪ねてきた。ハート形の顔をした浮浪児で、胸はまるで目立たず、足が見たこともないほど大きかった。むろん、わたしはネクタイを買うでもなく、彼女の本来の売り物にも興味がなかった。それでも、淹れたばかりの紅茶を飲まないかと誘うと、彼女は部屋に残っておしゃべりをし、大きな足を休ませた。

可哀そうなその娘はあきらかに頭が弱かった。わたしは、そうではない娼婦に出会ったことがない。だがトリクシーが毎日のようにやってきて、おたがいのことを知るようになると、少なくともある一点において、彼女の知性に高い尊敬の念をいだくようになった。頭の良し悪しはともかく、トリクシーはじつに素晴らしい文芸批評家だったのである。

わたしのベッドに寝そべり、手すりの先から足をバナナのように垂らしたトリクシーに、わたしは最近の作品を読んで聞かせた。するとトリクシーから、これがわたしの望んでいたとおりの反応が返ってきた。ここぞという場面で笑い、ここぞという場面ですすり泣いた。こちらがページを繰っていくなかで、憂いに沈んだり、陽気になったり、考えこむように眉をひそめたりした。そして原稿が不採用となったときには、そう、わたしの萎びかけた自我にとって、彼女こそ値が付けられないほど高価な強壮剤だった。

人生で罵り言葉はいろいろ聞いてきたものの、トリクシーが遠くニューヨークの編集者たち――わたしの原稿を没にした意地の悪い脳足りんども――に送った罵詈は別格だった。そのバラの蕾のような唇から易々と飛び出してくる卑猥な表現は、ときにわたしも赤面するほどで、きみは身贔屓が過ぎるんじゃないかと言ったこともある。だが普段はしとやかでも、そんな女々しい態度を取るトリクシーではなかった。

トリクシーとわたしは好意を寄せあうようになっていった。しかし、純粋にプラトニックな友情をつづけようとするわたしに、トリクシーは動揺していた。彼女にとって、わたしは〝すごくやさしくしてくれた人〟だった。なぜあのとき、わたしは彼女のやさしさの恩返しを、彼女に唯一できる方法で受け取らなかったのか。

わたしは、いっしょにいて話をしてくれたことが、こちらのささやかな親切へのあり余るほどの報いになっていると話して聞かせたのだが、トリクシーはそれを信じようとはしなかった……。これはわたしが——そう——わたしが間違っていたのだろうか。わたしが〝それ〟を望まなかったのか。彼女が身ぎれいではないと思ったのか。だから?

わたしが欲を禁じたことはトリクシーを惑わせただけでなく、彼女の話では〝ボーイフレンドのアル〟(彼女は〝梟《アウル》〟と発音した)のことも怒らせたらしい。どうやらアルは自尊心の塊だった。どんなことも五分五分、他人から何かを取ったりしたことはない。で、わたしがトリクシーに〝ふさわしいこと〟をさせないかぎり、彼女の訪問は禁止するつもりだという。

つねづね、わたしはアルのような男の――ポン引きを男と呼べるとしての話だが――自尊心について思うところがあり、トリクシーにそのあたりを伝えた。当然、それは大いなる誤りだった。トリクシーの顔は青ざめ、やがて紅潮し、また白くなった。悪態をつき、わたしのことを詰って泣いた……アルは「しゅてきだから」と泣き叫んだ。あんなに上品で親切でいい人はこの世のどこを探してもいないし、そうじゃないなんて誰にも言わせない、言う人がいたら殺してやる！　と。

最後は涙ながらに、あんたは口ばっかりのろくでなしだから、もう一生口をきかないと言い棄てて部屋を出ていった。二日後の正午ごろ、彼女はもどってきた。

小さな顔を高く掲げて。ゴンドラ車を思わせる足を、いつものモカシンではなくサテンのスリッパに無理やり押しこみ、ほかは慈善バザーにでも行きそうな派手な服で着飾って。トリクシーは横柄な調子で、自分の境遇は大きく変わったのだと告げた。賢くて親切なアルが探してきてくれて、あたしはいまや売春宿兼潜り酒場の〝ホステス〟なのよ。それでもしあんたが、自分でそんなご立派な人じゃないと思ってるんだったら、あたしと彼であんたを開店記念に招んであげる。

わたしはお祝いの言葉をつぶやき、アルによろしく伝えてくれとどうにか絞り出した。

するとクマ飛車な物腰がふっと消え、トリクシーは嗚咽を洩らしながらわたしに抱きついてきた……ほんとはあたし、あんたにあんなひどいことばかり言って、ずっと気に病んでたの。でも我慢できなくて。アルが傷ついたら、あたしはその千倍も傷つくわ。それでついかっとなって――だから、おねがい、来てくんない？　アルもいるから、彼がいいい、しゅてきだってことがわかるから。あんたが夜のもてなしを受けてくれたら、みんな、あんたのこと面倒くさい人だなんて思わなくなるから。

「でも――」わたしはためらっていた。「でもボスはどうなんだい、トリクシー？　その店の主人は？」

「話はしてあるんだから、トミー。あんたとアルがひと晩飲みたいだけ飲んだって、お金は一セントもかからない！」

「でも、きみに払わせるわけには――」

「もう払ってあるからいいの」トリクシーは可愛らしく頬を染めた。「お金を払うのに、ゆうべひと晩かかった。あたしとボスで――だから、むこうとこっちで交換したから、もしあんたが来てくんなかったら……」

トリクシーは心配そうにわたしを見あげた。

わたしが行くと答えると、彼女は歓声をあげた。「じゃあ、お酒もいっぱい飲んでね」と言って店舗の住所を告げた。「だって、いっぱい払ったんだから」

そこはワシントン・ストリートの北にある納屋のような古い建物で、以前は住居だった。用心棒に値踏みされたのち、わたしはテーブルに椅子、ホームバーを設えたリビングルームに通された。バーの奥に、地元産のチョック・ビールが十五セント、ウィスキーが二杯で二十五セントと書いた札が掛かっていた。その下で〈現金〉、それとかの有名な〈我ら神を信ず、汝は神ならず〉の大きな文字が目立っていた。

まだ宵の口にもかかわらず、部屋はすでに客であふれていた——その大半は暗い路地で会いたくないようなタイプだった。戸口付近で目が合ったトリクシーが、わたしを抱擁で迎え入れ、奥のテーブルまで導いた。そこに座っていた口もとの締まらない大男が、ほかならぬしゅてきな〝アウル〟だった。

トリクシーはわたしたちを引き合わせると、さっそく飲み物を取りにいった。双方で相手の品定めをして、これは仕方のないことでもあるが……一目で嫌いになった。わたしとしてはたぶん、相手の正体を知らなくても厭になったはずだ。

おたがい冷たい目を向けあっている最中に帰ってきたトリクシーだが、好きなふたりの仲立ちができたことにすっかり満足して、凍りかけているその雰囲気には気づかずじまいだった。酒を干したわたしたちを景気づけるように、明るい笑顔を残してパーティにもどっていった。

ホワイトコーンのウィスキーは、三オンス半もはいる重いガラス製のジェリーグラスに注がれていた。アウルはそれを一気に呷ると表情ひとつ変えず、チョックのピッチャーからほんの一口だけ飲んでチェイサーにした。グラスを置くと、おまえもやってみろといわんばかりの顔をした。わたしは受けて立ち、そうして奇跡的に息が詰まることも、咳きこむこともなかった。そこでこちらの気分が伝わるように、あえてチェイサーをピッチャーから飲まず、グラスに注いでみせた。

もらった一瞥に、侮辱されたという思いが表れていたが、当人は何食わぬふうをよそおった。いきなり愛想がよくなり、通りかかったホステスからお代わりを受け取ると乾杯の声をあげた。わたしたちはグラスを干した。三杯目が来た。それも空にした。

男は椅子のなかで身体を揺らしながら、前のめりでテーブルに肘をついた。

「ト、トミー――」彼は咳払いをした。「トミー、あんたはいいやつだ、会えてうれしいぜ」

「よかった」わたしはきっぱりと言った。

「あ、あんたもおれを気に入ったか、トミー？」

「あたりまえでしょう？」

「でも、トリクシーのことは好きじゃないんだろう？　おれとトリクシーの好意は受けないような堅物なんだって？」

「ちょっと待って」わたしは言った。「そこはひとつ、はっきりさせておきましょうか。トリクシーはぼくに借りがあるわけじゃないし、たとえあったにしても——」

「わかった、トミー。謝る必要はないぜ。あんたが生真面目で、おれの女とは寝ないってことなら——ヒック！——それはもうそれで——ヒック！」

男はまた揺れながら、たくましい右手を伸ばした。むこうはこちらの肩を親しげに叩こうとしていた。というか、そんな気がした。わたしはトリクシーのためを思って耐えることに決めた。

「それでいい。ようくわかった。あんたはトリクシーにたいして生真面目すぎんだよ——ヒック！」伸びた手が不意に動いたと思うと、横に一閃した。それが乾いた音とともにわたしの耳をしたたかに打った。

その衝撃で、わたしは椅子から転げ落ちそうになった。体勢を立てなおしてつかみかかろうとしたが、男は潤んだ目をして笑っている。酔いが過ぎた――らしい――相手は正体を失っていた。そこへトリクシーがすっ飛んできて、わたしには怖い顔を、むこうにはやさしい笑顔を向けた。

「トミーにいじめられたの、アウル？　そうなの？　あんた、この人に何を言ったの？」

「なんにも」男はにやにやしたままトリクシーを払いのけた。「トミーとおれはダチだ、なあ、トミー？　ちょっとおしゃべりしてただけさ。もっと酒を持ってきて、あとはさしにしてくれ」

「そのとおりだ、トリクシー」とわたしは言った。「飲み物を持ってきたら、ふたりきりにしてくれ。アウルとぼくだけで大丈夫だ」

トリクシーは苦笑いとしかめ面の間というか、不審そうな表情でわたしを見た。だが安ウィスキーとチョックを運んでくると、あとはふたりにしてくれた。例によって、わたしたちは酒を放りこんだ。

単純に、量もペースも度を越していた。丸一日、腹になにも入れていなかったことを思えばなおさらである。背筋に稲妻が走り、頭のなかが爆発したような感覚に襲われ、わたしは一瞬、意識を失った。気がつくと、アウルはまた苦虫を嚙みつぶしたような顔にもどっていた。

つまりわたしは、アウルとトリクシーは自分に合わないと思ったのだろうか。もしかして、ふたりのことを貧乏白人とでも思ったか。まあ、それはそれで仕方がない。ただ、そう思いたかったにせよ――

アウルの重たい手が再度振られた。わたしはまた耳をきつく叩かれた。

当然、トリクシーは飛んでこようとした。だが、わたしがアウルに向かって親しげに頰笑み、アウルがにやついているのを見て、トリクシーはなにも知らないまま座っていたテーブルにもどった。

誰かが新しくウィスキーを持ってきた。今度はわりとゆっくり、たがいの様子をうかがいながら、アウルとわたしはグラスを空けた。むこうの事情や意図には、変わらず釈然としないものがあった。が、アウルがわかってやっているると、犯意をもってやっているというかなりの確信があった。わたしがトリクシーのために、揉め事を起こすまいと堪えているのを知ったうえで、なぶり者にしようと待ちかまえている。

それがむこうの作戦だ、とわたしは思った。だが、ぜったいの自信があったわけではなかったし、こんな場所で騒ぎを起こすなら覚悟を決めなくてはならない。しかも、そこまで気持ちを昂らせるにはもうすこし酒が必要だった。

ジェリーグラスにお代わりが注がれた。空になった。わたしはこっそり自分のグラスをテーブルの縁から下におろし、それをポケットに忍ばせた。アウルは慎重に唇を舐めると、得意の話題を持ち出した。彼の手が予備の動作にはいった。

それが鋭く振られ、当たった。耳を叩かれたのは三度目だった。

言うなれば、いまやわたしたちは衆目の的となっていた。経営者の目も奪っていた。ふたりは大丈夫と信じ切っていたトリクシーはその場を動かなかったが、用心棒が寄ってきた。

「いったいどうした?」用心棒は咎めてきた。「喧嘩したいんだったら、表に出てやってくれ」

「喧嘩?」わたしは苦笑いを浮かべた。「表? あんたは表に出たいのか、アウル?」

「いや」アウルは言下に、それもやけに明瞭な口調で答えた。そして元の物腰を取りもどして、「おれたちゃ仲間さ。喧嘩ってのはなんのこった?」

用心棒は眉を寄せ、肩をすくめると離れていった。わたしは椅子を後ろへ押した。

「ちょっと失礼、相棒、便所に行ってくる」

「あ、ああ」酔ったアウルの頭が左右に振れた。「それじゃ——おい、おまえのグラスはどうした?」

「女が持っていったんだろう」わたしは言った。「新しいのを頼んどいてくれ」

わたしは手洗いに向かった。汚い洗面台に近づき、路地に面した狭い窓を押しあげ、網戸を開いた。後ろにさがって片足の靴下を脱ぎ、そこにジェリーグラスを滑りこませた。靴下の端を結んでポケットに入れ、席にもどった。

アウルはわたしがもどってくるとは思っていなかったらしく、ふたたび目の前に現われたわたしのことをおとなしく眺めていた——カモであるわたしの帰還に、悪意ある喜びを隠せずにいた。ポン引きにしてみれば、反撃できない相手を叩きのめすことができる、おあつらえ向きの状況だったのだ。グラスを置いたアウルは、わたしが酒を飲み干すまえから四発目を見舞う準備にはいった。

わたしはポケットから靴下を取り出して待った。

標的を定めた手が動いた。わたしは靴下を振った。

それを目にしたアウルは、身体を横ざまに倒して避けようとした。その動きに顔の側面を捉えた一撃がくわわり、アウルは椅子から投げ出されてよろめいた。

アウルがたどり着いたのは、四人の油田労働者とその女たちが座るテーブルだった。だが、さいわいなことに、これが旅の終わりではなかった。ウィスキー、ビール、割れたグラスのシャワーを浴びた男女ひっくるめた集団が、怒りもあらわに飛びかかり、抱えあげたアウルを、子どもが人形にやるように抛り投げた。アウルは悲鳴とともに足をばたつかせながら宙を飛び、人と家具とグラスを蹴散らして反対側の壁に激突した。

それはアウルを主役にしたみごとな出し物だったが、わたしには見物する余裕がなかった。用心棒と経営者が向かってくる。トリクシーも、両手に持ったピッチャーを揺らしながら、ひろがりつつある混乱と残骸をかき分けてこようとしていた。わたしはトイレに逃げこみ、窓から外に出た。

急ぎ足で路地を行きながら、しばらく街を離れるというのは、思いつきとしてどうなのかと考えていた。下宿に着くころには肚が決まっていた。

わたしはジグズとショーティと話し、三人で下宿の主人に相談を持ちかけた。主人は寝袋を持ち出すのを大目に見てくれたばかりか、五ドルも貸してくれた。あくる日の早朝、わたしたちは南へ行く貨物列車に乗った。

15

鋼管の最初の継ぎ目に腕をまわしたジグズが、櫓の床に足を踏ん張った。前後に身体を揺らすと、眉をひそめて後ろに退いた。

「それで?」ショーティが言った。「どうなんだ? やっぱり、おれの言ったとおりだろ?」

ジグズは曖昧に首を振った。「やってみな、ジム。自分で確かめてみろ」

わたしは、この櫓の上で直径が二十四インチあるパイプを抱えて揺すった。そして友人たちの目を避けて後ずさった。

「で、どうだった?」ショーティは気がはやっていた。「くそ、どうなってんだ、こいつらは? おい――パイプはセメントで固まってるなんて言うんじゃないぞ!」

「それがさ」ジグズは肩をすくめた。「たぶん、セメントじゃないけど――」

「あたりまえだ! 空井戸にセメントを入れるなんて、そんな料簡があるか?」

「――そりゃ、セメントがなけりゃそうにちがいないけど。どうかね――こいつはもしかして……」ジグズが口をつぐむと、しばらく重たい沈黙がつづいた。「ああ、ちくしょう」ようやくジグズが口を開いた。「で、どうする?」

ショーティに見つめられたわたしたちは目をそらした。ショーティはほとんど懇願するような調子で言った。「おい、いいか、おまえら。こいつは泥が詰まっただけ——砂《シルト》が流れこんだんだ。これでもう何年経つと思ってる?」

「ああ」ジグズは溜息をついた。「そりゃそうだ。ぐらぐら揺れたらおかしいや」

「あんたもそう思わないか、ジム?」ショーティは刺すような目をわたしに向けた。

「砂か泥だって気がしないか?」

「ああ」わたしは言った。「そいつをブルホイールに引っかけたら、嘘みたいにすんなりいくかもしれない」

「ああ」とジグズはくりかえした。「そうさ」

わたしはまず無理だと思ったし、ジグズにしても考えは同じだった。さらに言うならショーティも。おそらく最初に油井を訪れたとき、ある程度パイプは動いたのだろうが、地上からさほど深くない位置で固定された感触があることに、ショーティは気づいていたにちがいない。それなのに、根拠などないに等しい希望が確信に育つまで、彼は自分を欺きつづけたのだ。ここまでこうして来てしまった以上、もう先に進むしか手はなかった。

わたしたちは言葉もなく、道具小屋を掃除して寝袋をひろげた。火をおこし、ラード缶の〝やかん〟で湯を沸かした。土地を所有する農夫が援助物資を——黒目豆（五十ポンド）、コーンミール（五十ポンド）、コーヒー、塩漬けの豚肉などの食品を差し入れてくれた。計画がつづくかぎり、少なくとも食べることはできそうだった。

三日間、最後の三十五マイルは徒歩で来た。疲れ果てていたのに、眠れない夜に寝返りばかり打っていた。不安と失望で眠るどころではなかった。夜明けがきざすとコーヒーを飲み、陽が昇ると仕事をはじめた。

やることは山のようにあった。掘削装置と工具類はおおむね状態が良好だったが、昔の業者が散らかし放題にしていったものを、時という蛮族が混沌に変えていた。千ポンドもの材木がだらしなく崩れている。壊れたケーブルから繰り出された索が方々でぐちゃぐちゃになって絡みあっている。長さ二十フィートの骨材——何トンもの鋼鉄——はカーフホイールに食いこみ、倒れた移動ビームはベルトハウスに突っ込んでいた。と、ここまでにしておこう。この損害について理解するには、掘削装置にまつわる専門用語を学んでもらうしかない。

わたしたちがまず手をつけたのは、櫓そのものではなく隣接する水井戸のポンプだった。当面は農夫の家から運んで事足りても、ボイラーを稼働させるとなれば日に何千ガロンもの水が必要になるのだ。エンジンを取りはずして二本のピストンにやすりをかけ、軸受には貴重なバビット合金を張った。農夫が大切にしていたガソリンをタンクに注入した。七、八時間も回すとポンコツは軌道に乗った。

それからは気分も上がった。水を手にした効果というか、水のあるなしは人の士気にかかわってくる。風呂にはいり、タンクとボイラー管に水を入れた。農夫の道具を使って木を伐り、薪にしてボイラーの焚き口の前に積みあげた。こうして約三週間分の水と燃料を確保して、ようやく油井のほうに取りかかる準備がととのった。

さて、掘削機械の周辺には軽い物体がない。いずれも数百、数千ポンドという重量がある。つまり移動にはウィンチやクレーンの——機械の動力が必要になる。櫓に蒸気を入れようにも、そのまえに片づけなくてはならないものが大量にあった。どう考えてもすべては手作業で、自分たちの力だけでやるしかないのだが、さすがにそこは……どうにもうまく説明できない。わたしたちがどうやって助けを得たのか。わたしにできるのは語ることだけだ。

動かない物体を相手にむなしく奮闘するはずのわたしたちの前に、いきなり東西南北から男たちが、下生えとブラックジャック・オークの藪を踏み分けやってきたのである。黒人に白人、物納小作に小作人と。みすぼらしい服装《なり》の連中は、なんならわたしたちより貧しく、鉤虫症とマラリアの惨禍で痩せ細っていた。集まったのは作業を片づけるのにぴったりの――多からず少なからずの人数だった。端から報酬など期待していない彼らは、感謝するわれわれにまごついていた。目の前の仕事が終わったとたん、ふたたび去っていった。

この不気味な現象を、わたしは深南部《ディープサウス》という〝失われた国〟以外で見たことがない。一帯には電話がなかったし、助っ人たちは遠方から集まってきた。驚くべきことだが、わたしたちは、この男たちがこちらの人手不足を予期していた事実を受け入れざるを得なかった。彼らはわれわれの行動を事前に知っていたのだ！　仕事をはじめた朝には、目の前にどこから手を付けていいかわからないほどの作業があった。あるいはひとつを片づけ、それから次へというやり方になったかもしれない。それはともかく、彼らは助けが必要になったその頃合いで、人手をぴったりそろえて登場したのである。

ショーティやジグズとはちがって、わたしはこの奇妙な事態を「そういうこともあるさ」

ですませることはできなかった。わたしのひねくれた頭は謎という謎にたいし、そこに人生が懸かっているとばかりにわたしを駆り立てる。したがって、わたしは友人の農夫が現われるたび、彼にしつこく迫った。すっきりした説明はついに得られなかったけれど、それでも部分的には理解できた。

〝どうやって〟はわからずじまいだった。だが、このあたりの言い回しで〝なんとして〟ははっきりした。

それは現場に着いて五週間ほど過ぎたある朝のことだった。わたしたちは装備の組み立てをほぼ終えようとしていた。立って作業を見守っていた農夫が、唐突に暇を告げて櫓床を降りると、裏の藪のほうへ歩きだした。わたしは行先を訊ねた。

「リジエ・ウィリアムズのとこ――」農夫は気まずそうに間をおいた。「やつの倉庫の片づけを手伝ってやろうと思って。崩れちまったから、大柱を元どおりに立ててやるんだ」

わたしは、崩れたのはいつのことかと訊いた。農夫は質問されて面喰ったのか、口のなかでもごもご言った。

「まだ崩れてはないんだろう?」とわたしは言った。

「そんなこと言ってねえ」農夫はつぶやいた。「手伝いにいくって言っただけだ」

「どうしてみんな、そんなことがわかるんだい?」とわたしは訊ねた。すると農夫は参ったとばかりに首を振った。わからないし、言えない、その話はしたくなかったのだ。

「崩れるってわかってたんなら、リジェに注意してやればいいのに。それで防げるなら」

「できねえ」農夫はさらりと言った。表情もいくぶん和らいでいた。「そいつは無理だってば。なんたって先の話なんだからさ」

「やっぱりわかってるんだ。自分で認めたね。どうして?」

質問にたいして、農夫がますます戸惑っているところへ、仲間から仕事にかかれと声が飛んだ。それでもあきらめずにいるわたしに、彼は生来の礼儀正しさから思うことも言えずにいた。すなわち、あんたは自分の心配をして、こっちのことはかまわないでくれ。

「だからよ」と農夫は口にした。「できねえ——おれにもわかんねえんだ、ど、どうしてか——」

「よく考えて」わたしはうながした。「自分の言葉で答えてくれ。あんたの仲間たちが、どうして人が助けを求めてるってわかるのか」

農夫は暗い顔で悩みこんだまま、擦り減った靴を岩だらけの地面にこすりつけた。荒れ果てた不毛の大地に目をやった。それから寒々として雲行きの知れない空を見あげ、そこに永遠に振り向いたような女神の姿を探していたのかもしれない。

「そうなるんだ」彼は素気なく言った。

説明は終わりだった。

それで充分だった。


機械の周辺から瓦礫が除かれると、あとの清掃は動力を使えるようになり、数時間で方がついた。その日は残りの時間でケーシングケーブルとブロックを設置した。そして翌朝早く、大きなイベントに向けて火を点けた。

井戸は深く、蒸気の配管は特大で頑丈だった。また、ボイラーは油井で働く者の心をなごませるだけの仕様を具えていた。最大圧力は百二十五ポンド（その時点で安全弁が作動する仕組み）で、長い編成の貨物列車を走らせるほどの力を発生する。一マイルのパイプなら余裕で動かせる、とわたしたちは踏んでいた……パイプが固定されていなければ。

わたしは水量ガラス（水量計）が三分の一を指したところで、徐々に注入弁を開いていった。最初の十五ないし二十ポンドの圧力を得るまでが大変だったが、その後は蒸気で駆動するブロワーが回りだし、圧力は一気に上昇した。ショーティとジグズは櫓床に退いて待機していた。七十五ポンドに達して、わたしは合図を叫んだ。

ショーティがギアレバーを操った。ジグズはケーブルとブロックに心配そうな目を注いでいた。索が突っ張り、櫓が軋んだ。支線が低く唸りを発した。やがて怪物の呻きさながらの音声が空気を切り裂いたと思うと、耳をつんざくような悲しい高音に変わった——ベルトのブルホイールが空回りしていた。

ベルトをはずし、継ぎ目をきつく締めてから元にもどした。空回りは改善されなかった。機械にまるでパワーが伝わらない。

もう一度ベルトを取りはずし、ホイールの表面を古いベルトの一部で補修した。今度はうまく噛んだ。完全に滑りがなくなった。だがショーティが九十ポンドの圧力で〝やらかす〟と、八分の七インチのケーシングケーブルは糸のように切れた。

そこで索を一本から二本にして繋ぎなおした。ボイラーの安全弁が悲鳴をあげる百二十五ポンドの全圧をかけ、ショーティが〝立ち向かって〟いくと、索はたるんだあと、ショーティの期待に応えた。

作業は二日間つづいたすえ、木を伐るのに中断を余儀なくされた。パイプはびくともしなかった。ジグズが、こいつはだめだなと言った。

「おれは怒ってねえからな」彼はショーティに向かって言った。「あんたはパイプは動かねえってわかってたんだろうし、おれとジムをここまで引っぱってきたんだから、ケツを蹴飛ばされても仕方ねえとこさ。けどな――」

「動くよ」ショーティは顔を赤くした。「ケーブルを四本にするぞ」

「それでどうなる？　取れるものがありゃ、二本でなんでも取れるんだって」

「いまにわかる」ショーティはふてくされたように言った。「おまえらが手伝いたくないなら、べつにかまわねえ。おれひとりでやる」

むろん、わたしたちもそんなつもりはなかった。で、木を伐り、追加の索二本をブロックから頑固なパイプまで通した。すると、ショーティは櫓の支線の補強を命じた――それぞれ手にしているケーブル二本ずつで。

わたしたちは理由を訊ねた。ショーティはむっつりして口数も少なかった。櫓を補強する、厭なら勝手にしろ。

納得できないまま、ジグズとわたしは仕事を分担した。

「よし」すべてが思いどおりになると、ショーティは切り出した。「これで櫓が持つと思うか？　こいつが言うことを聞くように、打てる手は打ったと思うか？」

疑問にたいする答えはひとつしかなかった。櫓は持ちこたえなくてはならない。万が一は考えられない。

「それと四本のケーシングケーブルは？　持つと思うか――三インチ半の鋼索は？」

ああ、とわたしたちはうなずいた。ケーブルだって持つ。切れるわけがないし、櫓だって倒れない。しかし――

「で、いったい何をしようってんだ？」ジグズが声を荒らげて迫った。「櫓もあのケーブルも、いまあるボイラーが三基あったって平気なんだ。四百ポンドの蒸気を出したってびくともしねえ。それがこっちはボイラーたったの一基と、たったの百二十五ポンドだぞ――」

ショーティは話しているジグズを置いて歩きだした。わたしたちは後を追ってボイラーまで行った。ショーティは焚き口に近づき、樽にもたれた。ポケットからワイアを取り出すと、それを安全弁にきつく巻きつけた。

熟練の油田労働者ではないわたしには、その行動がほのめかす重大な意味が即座に理解できなかった。だが、ジグズの陽灼けした顔は白味を帯びていた。

「気でも狂ったのか?」地面に飛び降りたショーティに、ジグズはたたみかけた。「そいつは百二十五で開く仕組みになってんだ。開かなかったら爆発するぞ!」

「いや、しないね」とショーティはあっさり言った。「こういうやつは厳しめの試験に通ってる。百二十五の設定だったら、百七十五から二百までいけるはずだ。当分はな」

「ああ、けど、当分ってどれくらいだ? それに、二百五十とか三百まで上がらない保証はあるか? ゲージの目盛りは百二十五までしか切ってねえんだぞ」

「二百以上は上がらない。それだけの火力も水量もないんだから」

「そんな、百五十ポンドの圧力がかかった日にゃ、あたりをうろついてたくはないよな……」

ジグズはわたしを振りかえった。ショーティも同じようにした。そのしぐさが、決めるのはおまえだと告げていた。ふたりはボイラーから七十五ヤードあまり上方の櫓床に登っていった。ボイラーが爆発すれば、わたしひとりが隣国まで吹き飛ばされる。

答えが見つからなかった。ここに来ておよそ二カ月、空手でオクラホマシティへもどると思うだに辛かった。けれども二度と帰れないより、空手で引きかえすほうがましに決まっている。

「あんたに訊くのも気がすすまないんだがな、ジム——」ショーティが沈黙を破った。「けど、おれは神に誓って安全だと思ってる。古い罐のそばをうろうろしなくていい……そんなにはな。圧力計の針がまたゼロを指すまで張りついて、あとは焚き口を満杯にしたら藪に逃げこめばいい」

「ああ。でも、それをやるあいだに爆発したらどうなる?」

「わかった」ショーティはがっくりして言った。「あんたには頼まない」

「どっちにしたって、蒸気が持たないよ。機械に送りこんだとしても——」

「充分持つさ、ジム! 三十分かそこらはな。パイプを動かすにはそれだけありゃいい」

「パイプは動くって思ってるのか?」

「神かけて動く!」とショーティは断じた。「あれだけの力を注ぎこめば、セメントで固まってようと関係ねえ。機械とケーブルがへたらなきゃ、パイプは動くんだ!」

ジグズは頭をかきながら、たぶん一生で一度きりだが、ショーティの言い分がまともに思えてきたと言った。わたしはまだ心を決めかねていたが、無言のふたりに見つめられるうち、この曲芸に付きあうしかないという思いにさせられた。

「わかった」わたしは答えた。「とんでもない間違いじゃないかって気もするけど——

わかったよ」

　わたしたちはボイラーの火を落とすと煙管を拭き、灰の一片も見えなくなるまで焚き口を掃除した。翌朝、ジグズとショーティが機械の最終確認をする間に、わたしは再度火をおこした。

　圧力計の針が、弁が作動するポイントに向けて着実に動いていった。針が不吉に傾いて振り切れ、一周してゼロの位置にもどった。わたしはこの時点で逃げだしたかった。人生でここまで強い欲求に駆られたことは一度もない。だが、まず燃料を補給しなくてはいけないのに、灰がうずたかく積もって薪をくべる場所がなかった。

　わたしは蓋をあけて火床をがむしゃらに搔きまわした。そして蓋を閉じると必死で薪を集めた。腕ごと抱えにいって、それを焚き口から突き出すほど突っ込んだ。ブロワーを全開、水の注入バルブをめいっぱい開いた。そして走った。

　安全な藪までたどり着き、息を切らしたまま腹這った。

　ショーティが蒸気を入れた。

　パイプを何度か揺さぶると、緩んだケーブルが急に張り詰めた。そこでショーティは支柱に足を踏ん張り、長いレバーを引けるところまで引いてその位置を保った。

支索が低く音を発した。それが太い唸りに変わった。木材の軋る騒音がひびき、ギアが甲走った悲鳴をあげた。喧騒はますます大きくなり、やがて静まった。蒸気の出力が衰えたのだ。

しかもパイプは一インチも動かなかった。

その日、わたしは三度火を燃やし、毎回逃げるまでの時間を延ばしていった。それはなんの役にも立たなかった。物理の法則にしたがって動くはずのパイプが、法則にしたがうそぶりもなかった。

わたしはショーティに、時間の無駄じゃないかと言った。するとショーティは浮かない顔で、責任をわたしになすりつけようとした。

「蒸気がまだ足りないな、ジム。もっと蒸気をくれたらパイプも動くんだが」

「いったいどこまでやれば気がすむんだ?」わたしはまくしたてた。「これ以上、どうすりゃいいんだよ」

「いや、ちょっと思いついたことがあるんだ。ひと晩よく考えて、答えが出てくるようだったら、あした試してみるか」

朝、ジグズやわたしより先に目を覚ましたショーティは、わたしたちが寒空の下へあくびまじりに起き出すころには、すでに装置をこしらえていた。それは半端なパイプと鋼板を利用した給薪機だった。重苦しい沈黙のなかで機械を動かしてみせると、ショーティはわたしを見ながら、いきなりそのからくりについて述べ立てた。

「いいんだ、ジム、気にするな。どうせ荷物をまとめたら、このいまいましいパイプなんてくそくらえさ」

「いや、やってみよう」とわたしは言った。「これでパイプが取れなかったら、ぼくのせいじゃないってことになる」

「本気でやるつもりか？　自分の立場をわかってるのか？」

「やりたくてたまらないね」わたしはうれしくもなく答えた。「おれの立場っていうのは、きっとそういうことなんだろうな」

朝食がすむと、ショーティとジグズが櫓に退き、わたしはボイラーに火を点けた。蒸気が起きた。ブロワーで火力を上げた。圧力計が百二十五ポンドまで上昇し、針が回ってゼロにもどった。わたしは罐の蓋を開き、片手で灰を掻きながら反対の手で薪をくべていった。

灰を取り除くと同時に、罐は木であふれた。そこへ給薪機を焚き口に向け、装塡がつづくようにした。

その日は寒かった——南部の低地特有の、身にしみるような厳しい寒さが襲った。にもかかわらず、しかも上半身裸だったのに、わたしは汗まみれだった。滝のような汗が靴に流れこんで、足が浮きあがるかと思った……それは一部には恐怖のせいだろう。だが一方で、熱のせいでもあった。もし汗をかいていなかったら、それこそ身体が発火したんじゃないかと思う。

ボイラーのプレートが醜い、注意をうながすようなピンク色に染まりだした。ピンクが暗めのチェリーレッドに、それがしだいに明るい緋色へと変化していった。リベットから漏れ出した蒸気が不吉に渦を巻いた。

このプレートの下に、どれほどの圧力が発生していたかは神のみぞ知る。しかし蒸気は溜めておかなくてはならず、すでに給薪機はほぼ空の状態だった。激しい炎が木を紙束のように呑みこんでいた。

わたしは疲労と発汗で目も見えず、恐怖で感覚が麻痺したまま薪をくべ、灰を掻いた。ボイラーが振動しはじめても、かまわず作業をつづけた。そして、ようやくショーティの要求に達した。火床は片づき、罐は満杯、給薪機も満載。それも同時に。得られるかぎりの蒸気が発生して、その蒸気は溜まっていく。

わたしは赤熱してふるえる怪物から後ずさって離れた。よろめきながら丘を登り、藪のなかに倒れこむと呼吸を鎮めようとした。

櫓にいるショーティが、ケーシングリールの長いレバーをつかんだ。

レバーは熱かった――レバーですら熱かった。ショーティは悲鳴をあげ、痛みに跳ねあがった。あらためて、今度は布切れを巻いて握ると一気に引いた。そこにジグズがバールを咬ませた。ふたりして後ろに退いてから、ジグズは破損を気にして櫓を見あげ、ショーティはパイプに目を凝らした。

もはや聞き馴れていた剣呑な響きが、これまでの十倍もの大きさとなって聞こえた。虐げられた木と金属が狂気の咆哮を発した。その耐えがたい騒音は肉と骨を貫き、内臓にまで達するかと思われた。と、それが突然のように鳴りをひそめた。

装置のありとあらゆる組織と分子が、すでにその限界にまで達していたのである。そこにはたわむ余地も、擦れたり当たったりする余地もなく、それゆえ静かになった。聞こえてくるのは蒸気の吹く音だけだった。

周囲の地面がふるえだし、藪がうねった。わたしは魅せられたように見守った。これまで話にばかり聞かされてきたことを、この目で見る。不可抗力と不動の物体という、両者の伝説的な邂逅を。

ショーティの声に、夢想から現実に引きもどされた。わたしは起きあがり、丘を駆け降りた。

「来たぞ、ジム！　パイプが動いてる！　もうちょっと蒸気をくれ！」

「狂ってる！」わたしは言葉に詰まった。「ボイラーには金輪際――」

「行け！　もうちょっとだ、ジム、ほら――うっ！」

ジグズがフットボールのタックルばりに突っ込み、ショーティを櫓床に押し倒した。それを走って決めたジグズはなお走りながら、私たちを前へと押しやった。

「逃げろ、おい、逃げろったら！　パイプが――ほら――」

「やめろ、ジグズ！」ショーティはジグズを突き飛ばそうとした。「あのパイプが動きだしてる、だからジムが――」

「ああ、動いてる！　伸びてるんだ！」

「伸びてるだと？　そんな馬鹿なこと――おおっ！」ショーティは叫ぶと先頭に立って藪へ走った。嘘のような話だが、たしかにパイプは伸びていた。

そして前ぶれもなく弾けた。

四十フィートにおよぶ、直径二十四インチの〃破壊不可能〃な鋼管が穴から飛び出した。それは巨大な槍のごとく櫓を突き抜け、クラウンブロックを粉砕し、重量のあるギアや滑車を空高く打ちあげた。やがて繋いだ索に引かれ、左右に振れながら地上に向けて落下した。

その直撃に支柱や補強材を折られた櫓は、ぐらつく廃墟と化した。パイプは轟音とともに機械類の真ん中に落ち……実用に供するという目的において、機械の存在は無になった。折れたラインの迷宮から噴き出した蒸気が、残骸を慈悲深く覆い隠した。蒸気が消えると、わたしたちはとぼとぼと丘を降りていった。

回収できるものはなにひとつなかった。櫓はどう見ても修復不能だった。いずれにせよ、パイプは引き出せないと認めるしかなかった。

口を開く気にもなれなかった。ただただ打ちひしがれ、みんな泣きそうになっていた。われらが農夫の友人は、この失望をより哲学的に受けとめた。

「なんもなくしちゃいねえ」彼はわたしたちとの別れの宴にジャックラビットのシチューをふるまうと、そう指摘したのだ。「そもそも、なんもなかったんだし」

16

その夏、わたしは数本分の小さな原稿料を立てつづけに受け取り、母はほどほどの財産を相続した。母とフレディは、妻と赤ん坊を連れてオクラホマシティに来て、わたしたちはその足でテキサス州フォートワースへと向かった。父は何かしらの仕事を得ていた。わたしも現地に着いてまもなく、ホテルのドアマンの職を見つけた。これがとにかく最低の仕事だった。

わたしは週七日、八十四時間働いた。週給は十四ドルだったが、雇い主の気まぐれで二ドルかそれ以上差っ引かれることが多かった。当時は物価が安かったとはいえ、妻子がいる男にとっては餓えと隣り合わせの低賃金である。

勤務中は座ることを禁じられ、息抜きする暇もなかった。食事とトイレには行くこともできた。だが、わたしが席をはずしている間に車の客がチェックアウトしてしまうと、駐車料金の請求はわたしに来た。ある紳士の料金九ドルを賃金の十二ドルから払わされてから、わたしは持ち場を離れないことに決めた。

昼休みがなくても気にならなかった。どうせ飯を食う金もなかった。しかし、固い歩道にじっと立ちつくし、自然の欲求をひたすら無視するというのは拷問にも等しかった。このへんにしておこう。この時期のことは話したくもない。

わたしはすこしずつ金を貯めてタイプライターを借り、レターヘッドのある洒落た便箋を買った。高級ビジネス誌をまわって、いくつも仕事をもらった。必要な取材は母とフレディがやってくれた。それを材料に〝余暇〟をつかって記事にした。やがて実務の文章から、比較的割りのいい実録探偵小説の分野に比重を移していった。そして一年あまりでドアマンの仕事を辞めることができた。あのころを偲ぶよすがには事欠かないが、なかんずくましなものといえば、腫れた関節と弱った腎臓である。

わたしは、長く〝テキサス属〟にたいし、若さゆえの鬱屈を抱えてきた結果、ついにテキサス式の高水準の性格や知性を獲得できずに終わった。その後の歳月を経て、探偵小説の取材で州内をめぐった際に、自己が改善したきざしを、あるいは生粋のテキサス人たちが改善したきざしを見たような気がした。わたしはこの人種と大層上手に接し、むこうも、少なくとも鷹揚に受け入れてくれた。わたしが真の永続的和解に向け、大いなる期待を抱きはじめていたダラスでのある日、そんな甘やかな夢想が無益なものと心底思い知らされる出来事があった。

実録探偵小説というのは写真がないと売れない。それならばと、わたしは手っ取り早く大勢の新聞カメラマンと知り合いになった。彼らはみな一流の職人だった。普通は入手できない資料室の写真を出してきてくれ、代金は請求しない。わたしたちは旧友どうし——テキサスの旧友——で、酒を何杯か酌み交わしたら、頼みごとにいちいち金で礼をする間柄は超えていた。彼らに貸した金、飲ませた酒の払いは、恐ろしいほどの出費となっていたはずだ。そこは旧友たちの度量の大きさに免じて目をつぶることにする。

で、午後にそんな友人のひとりと出かけた〝撮影〟行からもどり、一クォートのウィスキーを空けて二本目に取りかかったころ、友人が最古の職業についた専門家を訪ねようと言いだした。わたしは反対した。彼は借金を申し出た。

「二ダラーだけ貸してくれよ、ジム。それで足りる。あんたもついてきて、ホールでうまい酒でも飲んで待っててりゃいいんだから」

「でも、二ドル——ダラー——も持ってないんだ、ハンク」とわたしは言った。「その二本目のウィスキーに有り金を使った——はたいちまったんだ」

「金がないのか——一セントも?」

「ほら、ここに――このとおり――小銭が四枚」

「じゃあ、そいつをよこせ。一か八かで敵娼《あいかた》と勝負だ。運がまわってきたぞ」

「でも、負けたらどうする？」

「なに、そんなことないって。あたりまえさ」

わたしは、それは道義に反するというようなことを口にした。「本気でそう思ってるのか、ハンク？　だって、失敗したら契約を破ることになる。あんたは相手を騙そうとしてるんだ」

「おい！　なんだと！」彼はこの侮辱に腹を立てた。「おれはむこうに、それはそれは貴重な授業をしてやろうってんだ。そいつが将来どんなに役立つか、わかったもんじゃないんだから」

わたしは彼に同行し、彼は勝負に勝った。

敵娼は太り肉で、若さという旬を失くしたような女だった。それがどの程度かを、はっきり口に出して言うのははばかられる。しかし無難な表現をするなら、最古の職業がいかに古くとも、彼女はその創設時の一員にちがいない、となるだろうか。

彼女は自分の運を呪いながら、友人を部屋に連れこんでドアをしめた。わたしはベンチに腰かけると、一杯呷ってからカメラをいじりだした。煙草をつけ、もう一杯飲《や》った。さらに二杯。わたしはまたカメラを眺めた。

すると素晴らしいアイディアが頭にひらめいた。

忍び足で廊下を行き、ドアノブを静かに回してドアを一、二インチ開いた。

ゆっくりカメラを構えた。

〝娘〟がたんに型にとらわれないタイプだったのか、あるいは陽灼けをしようとしていたのか、わたしにはわからない。もしかして本来の道具を使い切り、代用品に頼っていたのかもしれない。その体勢が一時の気まぐれなのか、それとも必要に迫られてのことだったのかの判断はつきかねた。いずれにしても、彼女はベッドに横ざまに膝をつき、友人に背を向けた恰好で、陶器のおまるを物憂げに見おろしていた。

わたしはフラッシュバルブが要ると思い、ベンチに取りにもどろうとした。

そこで当然のごとくドアにぶつかり、音をたてた。

女がぎょっとして振り向いた。しばらくは呆然とわたしのことを見つめていた。やがて怒りにむせたように口を開くと、怒声を放った。それが水のはねる音とともに消えたのは、女の歯がはずれ、おまるに落ちたからだった。

ベッドから這うようにして起き出すと、女は見苦しいものが露出しないように片手で口もとを押さえながら、友人に服を着て出ていけと身振りで命じた。わたしは友人に先んじて階段を降りた。

「ジム」友人は息を切らしてシャツのボタンを留めながら、冷ややかに言った。「ジム——おれとあんたは、おれたちはもう友だちじゃない」

「おい、そんなふうに思わないでくれ、ハンク。ホテルに来てくれたら、あと五ドル渡すから。もっとましな場所に行けばいい」

「いや、けっこう」彼はきっぱりと言った。「あんたからはもう五セントだって借りないぞ、ジム。あんたが最後の生き残りだとしてもだ。おれはあんたのことを友だちだと思ってた……」

「ああ、いまもそうだ」

「テキサスのな」

「ああ、こっちには長く住んでるから」

「でも、あんたはテキサス人じゃない」彼は暗く勝ち誇ったように首を振った。「テキサス男にいくら酒を飲ませたって、女といっしょのとこを覗いたりはしねえんだ。いいか、ジム、あんたは――あんたは、不――不――」彼はそこで言いよどんだすえに、ひどい悪口を投げつけてきた。

これまでいろいろ言われたなかで、わたしを〝不死身！〟呼ばわりしたのは彼が最初で最後である。

17

一九三六年の春に、オクラホマの小さな町で名声を得ているという警察署長の話を耳にした。わたしは雑誌にその彼のことを問い合わせ、ゴーサインをもらって本人を訪ねた。所長は噂どおりの、またそれ以上の人物という印象だった。事実、彼の業績は数多く、それもみごとな手際で処理された事件ばかりで、まとめるとなると長い連載になるだろう。わたしがその旨を雑誌に知らせると、進めてくれとの返事がふたたび来た。

もちろん、彼らは二つ返事で原稿を買うとは言わなかった。出版界では、取り消しの利かない約束などというのはまず聞いたことがない。だが長尺の連載になりそうだということで、様子を見たいと思ったのだ。わたしにすれば、それで充分だった。

わたしは家族でオクラホマシティに引っ越した（州都にある控訴裁判所で、裁判記録を調べる必要があった）。そこで文章を書きながら、警察署長の町との行き来をして、おびただしい数の訪問取材をおこなった。長々つづく仕事だった。旅と調査でほぼ三カ月を費やし、わたしの乏しい資産は底をついた。それでも心配など皆無だった。わたしには四万語からなる、いままで書いたなかでも最高の探偵小説があった。写真の代金を考慮に入れても二千ドルは手もとに来る計算で、当時の二千ドルといえば、いまの六ないし八千ドルに相当する。

わたしは浮き浮きした気分で警察署長の町へ向かうバスに乗った。署長から作品の承諾を得るのはたやすいことで、正しい手続きを踏めばこちらの仕事は終わると思った。小切手を受け取るのは二週間先になるだろうが、それで問題はなかった。タイプライターを質に入れれば二週間は乗り切れるだろう。

目的地に着くと、警察署の階段を夢見心地で昇った。二千ドル——よし！　それも、またとないこの時期に。妻とわたしは、生まれてくる二番目の子どものために家を手に入れるのだ。

で、わたしはやにさがった面のまま警察署にはいっていった。出てくるときには足ともおぼつかず、気が遠くなって階段から落ちそうだった。わたしの小説は価値がなかった。世界じゅう探したところで、無料《ただ》でも載せてくれる雑誌はなかっただろう。作品は四万語を通じ、署長のことを公吏の鑑として——職務にたいしてひたすら誠実に、揺らぐことなく献身する男として描いていた。それが彼の実像とまったくちがっていた。署長は嘘のなかで生きてきて、ついにその嘘が露見した。

わたしは綿密に準備してきた分厚い原稿をゴミ箱に放りこんだ。そしてオクラホマシティ行きのバスに乗った。

警察署長――その実体は州間高速道路《インターステート》で自動車泥棒を働く一味の首領！　警察署長――自らが管轄する署内の留置場に入れられている！　馬鹿げた喜劇のような状況なのに、それがすこしも笑えない。

オクラホマシティにもどり、妻に悪い報らせを打ち明けた。翌朝、タイプライターを質入れしてから仕事探しをはじめた。一時しのぎでもいいから、働き口を確保しなければならなかった。どんな仕事でもそうだが、フリーランスの執筆にも元手は要る。

最初に応募した、街でトップの日刊紙にはけんもほろろに断わられた。つぎに訪ねた新聞社で、相当に偏屈そうで不愛想なローカル記事の編集長に椅子を勧められた。

「リライトの仕事があるかもしれないな」と編集長は言った。「はっきりしたことは言えないが……こっちにはどれくらい住んでる？」

「十年ほど」わたしは、その大半が少年時代のことだとはふれずにおいた。「街のことはよく知ってます」

「知らないようじゃ、こっちも困るんでね」編集長は低い声で言った。「とにかく、流れ者はお断わりだ。うちは地元の住民のための地元紙だからな」

わたしは、それなら打ってつけで、自分は正真正銘の地元育ちであると話した。「二年ばかり、大学で離れてましたが……」

「わかった。電話番号を教えてくれ、一両日中に連絡する」

編集長は鉛筆を握った。焦らされて、いらついたようにわたしを見た。わたしはどうしようもなく見つめかえした。

わたしは自分の電話を持っていなかった。大家の番号も、何度もかけていたくせに思いだせなかった。あらゆる方面で記憶力は確かなわたしだが、電話番号だけはだめだった。

「それ――それはちょっと確かめないと」わたしは言った。「最近引っ越したばかりで――」

「だったら、古い番号でいい。交換手が転送するだろう」

「それが、その――」わたしは自分を呪った。電話を持ってないと言えばいいのに、そこまで頭が回らなかった。

「ふむ」編集長は真っ赤になったわたしの顔を見つめた。「きみの住んでるこの場所、その住所だが。商業地区のはずれだな？ なんだ、下宿か？」

「はい——はい。でも——」

「妻と赤ん坊がいて——定住してるのに——きみは下宿住まいをしてるのか？　そのまえはどこにいた？」

嘘をついても無駄だった。そこまで疑いを掻き立てられたら、編集長も全新聞社で利用している住所人名録を調べるだろうし、そうなったら嘘はたちどころにばれる。

「わかりました」とわたしは答えた。「正直に言います。じつは——」

「やっぱり」編集長はそう声を洩らすと、デスクに身をもたせかけた。「すまないが、きみの役には立てない。だめだめ、もうおしまいだ。話にならん」

戸口に向かうわたしは、お察しのとおり悄気かえっていた。

廊下に出ると、見出し付け担当の年輩記者が後を追ってきた。

「残念だったな、坊や。あんまり金のことにこだわらないんだったら、つぎの仕事を紹介できるかもしれないよ」

それはさしあたって大変ありがたい、とわたしは答えた。記者からその将来の仕事先を聞かされると、また気分が落ち込んだ。

「作家プロジェクト？　でも、あれは救済活動でしょう？　ぼくは救済を求めてるんじゃありませんよ」

「あそこには救済とは無関係の人間もいてね――執筆と編集のことをちゃんとわかってる連中だ。そう、プロじゃない人間の教官といったところかな。ここを解雇されてあっちに移ったやつもいるんだ」

「だったら」わたしは半信半疑で言った。「覗いてみても悪くはないかな」

「そういうこと」記者は激励するようにわたしの背中を叩いた。「あそこはでかい組織で、百二十五人もいるそうだ。きみならきっと小屋の主になれるぞ！」

わたしはその軽口に力なく笑うと、彼の親切に感謝した。気乗りがしないまま、就職できるとはつゆほども思わず、作家プロジェクトの事務所で申請をした。

そしてその場で採用された。

十八カ月後には理事に――〝小屋の主〟に任命された。

こんなふうに、わたしの人生の方向が変わったのは、電話番号を思いだせなかったからなのだ……

ごく少数の幹部スタッフを除いて――わたしもその一員となるのに一年近くかかったのだが――プロジェクトで雇われた者は月に二週間しか働けなかった。報酬は生きていくのに充分ではなく、そこに責任も増してきたし、そもそもが原稿の一、二本も売れたらすぐに辞める気でいた。ところが、わたしの作品が評価された——これは作家にとって大きな意味がある。また、少ないながら定収入がはいるというのは、妻にとって大きな意味があった。例の警察署長の失態があって以来、もっともなことではあるが、妻はフリーランスの文筆業というものを悲観するようになっていた。作品があんなふうに没にされ、当てにならないのなら、そこはふたりの子どもを抱えた自分たちがしっかりしていかないと、と妻は言った。それにはわたしも全面的に賛成だった。

仕事はつづけて、休みの週になると探偵小説を書いた。わたしたちの支払い能力はすこしずつ上がっていった。翌春、妻と子どもたちはネブラスカに里帰りした。わたしは取材でフォートワースへ行った。家族は狭い住居に暮らしていたので、結婚した妹のマクシーンの家に泊めてもらった。

ある午後、寝室で小説の仕上げにかかっていると、マクシーンが客の来訪を告げた。「ものすごく素敵な若者よ」とマクシーンは無邪気に言った。「アリソン・アイヴァーズって人。乗ってるのは新品のコンヴァーティブルで——」

「——流行のやつなんだろう」わたしは苦々しく言葉を挟んだ。「あいつはおまえの持ってる銀器を盗んで売り飛ばすぞ。それも面白半分にな!」

　アリーはわたしがドアマンとして勤務していたころにフォートワースに現われ、いまはもぐりでタクシーとレンタカーのサービスをやっているという噂は聞いていた。これまでのわだかまりがあっただけに、アリーがわたしを追って妹の家まで来たことには驚いた。また、この訪問をよろこぶはずもなかった。

　アリーのことは変わらず好きだったし、ずっと仲直りをしたいと思っていた。しかしこれは、他人の家まで押しかけるのは、厚かましいにもほどがあるという気がした。わたしからみれば、いやおうなく行儀よくしなければならない立場にこちらを追い込んで、そこに付けこもうという魂胆なのだ。

　わたしはよそよそしく握手をした。アリーはコートのポケットから背の高い紙袋を出し、それを恭しいしぐさでマクシーンに押しつけた。

「つくったカクテルを、壜で冷やしてきました」アリーは説明した。「もしお父さまがよろしければ、みなさんでいただきましょう」

「あたしの父?」マクシーンは狐につままれたような顔をしたが、やがてうれしそうにくすりと笑った。「いまの聞いた、ジミー? あなたがあたしの父親だって!」

「そんなこと、こいつはこれっぽっちも思ってやしない」とわたしは言った。「こいつは国いちばんのとんでもない大嘘つきで、はらわたから何から、もう出てくるそばから——」

「おいおい！」アリーは目を丸くした。「若いお嬢さんの前で、そんなはしたない言葉を」

アリーとマクシーンは、わたしをたしなめるように睨んだ。マクシーンがサイドボードからグラスを出してきて、わたしは陰気に酒を受け取った。アリーはマクシーンと上品ぶった会話をつづけた。

「きょうは素晴らしい一日だ」アリーは聖歌隊ばりの甲高い声で言った。「こんな日には遠出をして、鳥や花を愛でたいものです」

彼は溜息をつき、目をしばたたいてみせた。マクシーンは愛おしそうな表情を浮かべた。「聞いた、ジミー？　あなたも自然や——そう——美しいものに興味を持てばいいのよ、ミスター・アイヴァーズみたいに」

「ミスター・アイヴァーズはな」わたしは言った。「もうすっかり出来あがってるんだ」

「そんな！　あたしだって、人が酔っ払ってればわかるわよ」

「それがアリーには通用しない。おれぐらい付きあえばわかるんだ。で、こいつがここまで来た訳を話すつもりなら——」

「だから――」アリーは本気で傷ついたように見えた。「ちょっとドライブでもどうかって思っただけなんだ、ジム。問題もいくつか解決できるんじゃないかって。おまえが歩んできた長い道のりのことは知ってるし、おれは昔のまんまさ。でも――」

「ちょっと待ってくれ」わたしはうんざりして言った。「べつにつれなくするつもりはないけどな、アリー。ただ――」

「だったらドライブは？　あれは会社の車でね。ここから商業用のナンバープレートが見えるだろ」

わたしは網戸越しに外を見た。「わかった」と、愛想もほどほどに答えた。「行こうか」

家を出たわたしたちは西七番通りに向かった。アリーの運転はみごとで、はらはらさせるところはなかった。だがそれも驚くにはあたらない。酒を飲んでも、アリーにはふつう人に表れるような影響が出なかった。せいぜい、突飛なユーモアのセンスが冴えるぐらいのことだった。

市境まで行くと、車はハイウェイを疾走した。アリーは静かに語りだした。彼はわたしが気位の高い堅物になってしまい、かつての友人との付き合いにも融通が利かなくなったと言った。オクラホマシティの出版詐欺がいい例だと。あれはこっちに落ち度があったし、そこはすぐにでも認めるつもりだった――おまえが昔みたいに、おたがい干渉せずの態度でいてくれたら。でも、おまえは心が狭くなった。ふざけて終わりにするんじゃなく、おれをけなし、恥をかかせて、おれが用なしの役立たずだといわんばかりだった。そのあと会っても、すっかり偉そうだった。

「そういうおまえはどうなんだ?」とわたしは言った。「オクラホマシティのあの晩、ずいぶんひどい真似をしたじゃないか」

「あれはちがうだろう。おれが乱暴な口をきいたって、なんの意味もありゃしない。だって、おれの言うことだぞ。それがあの調子だ、さっき妹の家でやったみたいに――」

「あれか」わたしは冷やかすように言った。「ちょっとからかっただけさ、アリー。わかってるだろう。だいたい、そっちがはじめたんだからな」

「言ったろ、あれはちがうって。足が悪くて引きずってる男をからかうもんじゃないぞ」

アリーの言いたいことはなんとなく見当がついたが、だったらどうすればいいかがわからなかった。わたしはそう言った。

「たまには笑えばいいんだ。引きこもった殻から這い出して、人間らしく振る舞えよ」

「笑いたいことがあれば笑うし、おれが人間らしく振る舞ってるって思ってくれるやつも大勢いる」

「いや、おれは思わない」とアリーは言った。「おれは——おい！　あれを見ろ！」

わたしは草原のアリーが指した方向を眺めた。「何だ？　何を——」

「あの飛行機だ——あそこの雲のなかの！　男が落ちたんだ！」

わたしは手びさしをつくり、雲に目を凝らした。飛行機に似た形も、落ちていく人の姿も見えなかった。

「いったい何のつもりだ、こ——これ——」わたしは座席に向きなおった。「アリー！」

顔から血の気が引いた。恐怖のあまり死ぬかと思った。なぜかといえば、いきなりスピードを上げた車の運転席に、アリーがいなかったのである。

わたしは叫んだ。「アヽヽヽリー！」

アリーは後部座席に身を沈めていた。膝掛けを乗せ、愚かしく頭を垂れていた。

車が突然道をはずれ、溝に向かって飛び出した。あわやのところで体勢を立てなおし、今度は反対側の溝のほうへ突進した。わたしは叫びながらステアリングに飛びついた。

回らない。動かなかった。

この最後の状況がわたしにたいする警告だったわけだが、頭がまともに働いていなかった。左右に激しく振れながら走る車中で、わたしが思っていたのはひとつ、ついにアリーは酒に祟られ、手ひどい報いが来た、ということだった。

車の速度が上がりすぎて、飛び降りることはできない。どんなに悲鳴や叫びをあげようと、アリーは目を細めて戯けた笑いを浮かべるばかりだった。わたしはブレーキを掛けようとした。反応がなかった。イグニションスイッチを切った——車は走りつづけた。ますます速く。

大騒ぎしながら通り過ぎていくわたしたちのことを、ほかの運転手たちがどう感じたかは知らない。想像するに、おそらく目の錯覚と思ったのではないか。わたしは腹の底から大声を出しながら、用をなさないステアリングと格闘していた。アリーは相変わらず、何食わぬ顔で後部座席に腰を据えていた。

何時間にも思えたこの場面は、ほんの数分で幕を閉じた。喉が嗄れ、恐怖も尽き、避けがたく思えた最期に身をゆだねようとしたそのとき——狂気のドライブは終わっていた。車は滑らかに脇道へはいると、そこでゆるやかに停まった。

わたしは信じられない思いで目をこすった。全神経を逆立てたまま、座席に目をくばった。

もちろんのこと、アリーは酔っていなかった。にやつきながら足で膝掛けを払いのけ、足もとを指さした。そこを見て、わたしはアリーに悪態をぶつけた。

「二重運転装置か！　アリー、どんなことがあったって、おまえを殺してやる――」

怒りのあまり、言葉がつかえて出てこなかった。やがて不意に反応が起きて、わたしはげらげら笑いだした。息が詰まり、顔が涙まみれになるまで笑いつづけた。

「アリー」わたしはやっとのことで口にした。「その装置にいくらかかった?」

「ああ」アリーは肩をすくめた。「六十ドルってとこか。そりゃ、こいつをはずすにはもっとかかるけど」

「それをこのためにやったのか――おれたちの間に張った氷を割るために?　おまえにはそこまでやる価値があったのか?」

「うむ……」

「今夜は街に出ないか?」とわたしは言った。「ビールをしこたま飲もう、昔やったみたいに。で、バーレスクをはしごして――」

「おまえの質問だけど――」アリーは運転席にもどると相好をくずした――「やる価値はあったな」

わたしはオクラホマの政界にはまるで顔が利かなかったし、州の作家プロジェクトの編集長として、ワシントンの本部に媚びを売ることもしなかった。政治的に〝正しい人々〟にはあえて反抗した。くだらない指図には、ワシントンから来たというだけで耳をかたむけないようにしていた。わたしが理事になれたのは、日々の努力と――それに(ワシントンの職員から非公式にそう伝え聞いたのだが)、別の人物を指名すれば職権乱用と騒がれかねなかったからだという。

じきに、わたしはほかの誰かが指名を受けないかと願うようになった。何しろ長いあいだ、理事職の給料をもらえなかった。前任者が年次休暇を何ヵ月分も積みあげていて、その間の給料を受け取っていた。理事の予算はひとり分しか計上されておらず、わたしは編集者の安めの月給に甘んじるしかなかった。うんざりするような境遇である。

部下の給料で幹部の仕事をするだけでもひどいのに、さらにふえる出費のやりくり、新たな接待まで押しつけられ、それはもう業腹だった。実質フリーランスでの執筆をあきらめ、プロジェクトに専念していた恰好だったし、わが家は三人目の子どもが生まれ、借金で首が回らない状態にあった。どうしても避けられないディナーパーティに出るのに、妻とふたり、着ている服以外のすべてを質入れしたのも一度や二度ではない。

そこで、急ぎフリーランスの仕事を再開して、なんとか火の車から脱することができた。だがフルタイムの仕事をふたつこなすという状態が、わたしの身体をむしばむようになっていった。家計はわたしの抱える問題の一部にすぎなかった。

前任者は政治の干渉から比較的自由な立場でいられたし、わたしも最初の数カ月はそうだった。兆候は――それなりに明確なものもふくめて――あった。この人物もしくはあのグループを引き立ててはどうかといったものだが、拒否すれば報復するなどというあからさまな要求ではなかった。政府もそれは露骨にすぎると感じていた。政治的便宜をはかる必要はまずなかったし、〝結束せる南部〟においてはなおさら皆無だったのである。しかし、いまや状況は変化していた。

国政選挙は遠からずおこなわれる。政権が三期目を取るのは難しいのではないかとの観測も出ていた。そこで地方に取り入ろうとした政権は、これまで斥けてきた要求を呑むことにした。結果、さまざまなプロジェクトの実権がワシントンから州に移管された。

いずれ過去においても現在においても、清教徒気質《ピューリタニズム》とは縁遠いわたしだが、義援金を政治目的に乱費することには我慢がならなかった。また自分が間違っていると信じる道を、無理やり深く突っ込んでいくことはできなかった（いまもできない）。そこでわたしは圧力に抗し、たちまち罰を受けた。

出張命令も経費の精算も滞った。必需品の調達も際限なく遅れるようになった。わたしが雇える人数も、雇用者の定員も、毎月ころころ変わった。必要な人材を確保できずに、わたし個人の懐から報酬を出すのを覚悟で、上の許可なく採用することもあった。

この仕事に惹かれてはいたけれど、そこに執着するのが馬鹿らしく、むなしく思えた。わたしはワシントンに辞表を送った。

ワシントンは辞表の受け取りを拒んだ。先方からの指摘には――かなりの真実味をもって――多岐にわたるプロジェクトの糸束を握っているのはわたしで、それを放してしまったら、どうしようもなくもつれてしまうだろう、とあった。新しい人間に引き継ぐとなると、多くの時間と労力が失われる。で、こちらの不満に関しては、わたしが〝物事を悲観的に見すぎる〟せいで、無意識のうちに〝現状を誇張している〟のだろうが、それもなんとかなるはずだと。

どうやらワシントンから州の当局に抗議が行ったようで、州も多少なりと綱をゆるめたほうがいいと判断したらしい。が、やがてふたたび圧力がくわわるようになり、わたしは再度辞表を出した。

これがまた最初のときと同じような手紙とともに突きかえされた。その後も圧力が弱まったり強まったりで、わたしは三度辞意を伝えた。

しめて四通の辞表を送ったすえ、ついに辞表は受理されるのだが、いまはまだその経緯をめぐる悲喜劇的な状況を伝える時ではない。しかも先を急ぐうえで、わたしはこの仕事が絶え間ない頭痛の種だったという印象をあたえてしまっている。じつはそうでもなかった。

〝幸せな大家族〟という表現は多用されるあまり、いまや滑稽にも聞こえる。しかし、これがわたしのプロジェクトをおおむね正確に言い当てている。仲間たちは、わたしが彼らの仕事を守るために奔走していることを知っていた。彼らはいい仕事をしてこそ――それ以外にない――自らが向上すると思っていたし、そう思うことが、援助を受ける労働者の常識と一線を画する彼らの矜持となっていた。多くはろくに教育を受けておらず、過去に就労経験がない者もいた。わたしは勤務時間後に受けられる、綴り字、タイピング、速記、仕事上のエチケットなどの授業をいろいろ設けた。そうすることで、これまで〝雇用に適さない〟とされていた彼らも民間企業に職を得ていった。

これは当然なすべきことだったのであり、べつに自分を聖人君子に仕立てるつもりはない。ただ、野卑で世渡り下手であったことをさんざん語ってきて、すこしはまともなところが、少なくとも社会的に歓迎された部分があったと伝えておかなくてはと思ったのだ。

さて、それはともかく……。

さる土曜日、わたしは某編集者——仮にトムとしておく——とオクラホマの南西部にある町へ車を走らせた。現地でおこなわれるインディアンの儀式を取材しようというのである。例のごとく出張許可は下りなかったので、自分たちの時間と金を使っての旅行だった。

わたしたちが目にした〝儀式〟の午後の催事は、ぱっとしたものではなかった。だが現地にいるあいだに、翌日いっぱい滞在しようということになった。そこでホテルにチェックインして夕食をすませると、車で町を回ってみることにした。

町は儀式そのものよりずっと華やかだった。そこかしこに居留地に暮らすインディアンがいた。彼らは酒を飲み、思い思いに楽しんでいるように見える。それでも邪魔ははいらない。ウィスキーとインディアンのことになると、普段は容赦ない連邦法の執行も一時的に――非公式であるにせよ――停止されていた。

街路灯の下で車を停めたそのとき、ふたりの女性が俗っぽく声をかけてきた。

「ねえ、作家さんたち――どこ行くの?」そして、「あたしたちを乗せてくれない?」

不意を突かれたトムとわたしは縁石のほうに目をやった。

居留地のインディアン女がふたり、わたしたちに頬笑みかけていた。ビーズのドレスの上にブランケットをまとい、編みこんだ長い黒髪を垂らしていた。齢は五十前後だったと思う。ひとりは身の丈六フィートほどで極端に痩せていた。連れのほうはおよそ五フィートで、体重は優に三百ポンドはあったにちがいない。

わたしは車を縁石に寄せた。女たちがウィンドウ越しに覗いてくると、上等なバーボンの匂いがした。

「乗せてくれない?」痩せた女が言った。「あんたたち、ほかにやることないんでしょ」

「そうでもないんだ」とわたしは答えた。「あなたたちの儀式のことを書こうと思ってここまで来たんだ」

「馬鹿じゃないの！」肥ったほうが嘲った。「きょうの午後、あそこであんたたちを見かけたけど――時間の無駄。あれは余所行き。あたしたち、あんな田舎者のために本気で踊らないよ。本物を見たいんなら、場所を教えてあげる」

トムはそれがいいとつぶやいた。正真正銘の踊りを見るならそうするしかない。

わたしは気がさして、女たちの妙に膨らんだハンドバッグを見た。

「ウィスキー？　飲んじゃいけないんだろう？」

「べつにいいでしょ」痩せっぽちが喧嘩腰で言った。「あたしたち、飲みたけりゃ飲んでいい齢なんだし」

「それはそうだが――」

「だったら何がいけないの？」肥ったほうが呑気な声で言った。「あんたたちが売ったわけでも、くれたわけでもないんだから、心配することないじゃない。早くドアをあけて、行きましょうよ」

彼女が後部座席に乗るとスプリングが呻いた。痩せっぽちが後につづき、わたしは落ち着かない気分のまま車を出した。

人里離れた川底の目的地まで、ずいぶん時間がかかった。女たちはミックスした酒が好みで――ふたりのバッグにはソーダが何本もはいっていた――混ぜるときには車を停めた。気を遣って一杯付きあったあとは、もうとめどがなくなった。踊りの場に着くころ、四人はすっかり打ち解けて大騒ぎになっていた。

そこには二十五人から三十人のインディアンの男女が集まっていた。女はわれらが友人と同じような服装で、男は腰布を巻き、肌にペイントをしている。トムとわたしは車内で待つことにして、ふたりの友が部族の男たちと交渉しにいった。まもなく差し招かれたのは、わたしたちが検閲を通ったからである。車を降りるとまわりじゅうから握手を求められ、女が大きな鉄鍋からブリキカップに刺激の強い飲み物を注いだ。

その名前は憶えていない。だが後から聞いた話では、トウモロコシと唾液からつくられたものだという。女たちがどろどろになるまで嚙んだトウモロコシを鍋に吐き出す。このマッシュがある程度溜まったら鍋に水を入れ、砂糖をくわえて発酵させる。あとはたまに上澄みをすくい取るだけ。数週間も経つと、陸軍のラバ並みに強力な代物が出来あがる。

何杯か飲んだだけで、頭が朦朧としはじめた。それでどういうわけか、わたしたちは服をはぎ取られて腰布を巻き、そこに誰かが――あるいは複数の誰かが――明るい色の泥土を使い、わたしたちの頭から足先までを飾り立てていった。トムとわたしがその気になってポーズを取ってみせると、勇者たちから称賛の声があがった。やがて火が焚かれ、女たちが二列になって炎へつづく通路をつくった。その端に、男たちが一列に並んだ。トムとわたしは列の最後尾についた。

荒々しい喊声がとどろいた。女たちがリズムよく足を踏み、手を叩いて、踊りがはじまった。

列の先頭に立った男が奇声を発し、身体をくねらすように踊りながら通路を進んでいくと、身をひるがえして炎を跳び越えた。男は列の後ろにまわり、つぎの男が踊って跳んだ。そのつぎ、そのつぎと跳んで、残るはトムとわたしだけになった。わたしたちはふたりいっしょに跳ぶことにした。

誰かが写真を撮っていてくれたら、といまでも思う。あれは歴史に残る傑作コメディの一場面になったはずなのだ。踊って身体を回すたび、おたがい殴ったり蹴ったりの繰り返しで、いざ跳ばんという瞬間には姿勢がくずれ、足がもつれていた。何はともかく身をひねり、叫び声とともに跳んだ。

振り出されたトムの足がわたしの背中を直撃した。わたしは本能的にその足をつかんだ。

もつれあって宙を舞ったわたしたちは一瞬、火の上で静止した。そして前へ進む勢いを失い、炎に向けて落下した。

われらが友人たちは、そんな失敗に備えていたのではないか。そうでもなければ、作家のバーベキュー二体が出来あがっていたはずである。現実には、わたしたちは肌を焦がすまえに引きずりだされ、土のなかを転がされていた。おかげで泥を塗った皮膚がひりつく程度の傷ですんだ。

休憩がはいって一服することができ、わたしたちも気を取りなおした。踊りが再開され、トムとわたしはまた列の定位置についた。とはいえ、ふたりが二度とコンビを組まなかったことはもうおわかりだろう。

突然の豪雨で祝祭は終わった。跳ぶ際に近づきすぎたせいで、わたしは足に軽い火傷を負った。だが激しい運動をして酒も抜け、足の裏が疼く以外はほぼ普段のままだった。それでも運転はやめたほうがいい、とトムが言い張った。運転はぼくがして、道案内は痩せっぽちにしてもらう。肥った女ときみは後ろに座ってくれと。

トムに運転を任せて出発した。前が見えないほどの土砂降りに、痩せっぽちは戸惑っていた。一時間後、わたしたちはまだ僻地の隘路をさまよっていた。

視界が利くようにと、ウィンドウを下ろして顔を出したトムが、あっと声をあげてステアリングを切った。遅かった。彼の視線が道からはずれたその刹那、車は雨に削られた路肩を滑っていた。

車は揺れて傾き、転落した。気がつくと溝の底で逆さまになって、わたしの上には三百ポンドの女がのしかかっていた。

どっちも怪我はしていなかったが、女は酒と自分の重みで気を失っていた。わたしは動けなかった。息ができなかった。車を脱け出したトムと痩せっぽちが女をどけようとしたものの、車の体勢と起重機でも必要な目方が相まって埒が明かなかった。ふたりは女の足をくすぐったり、つねったりした——気つけにやれるのはそれぐらいしかなかったのだ。女はぐったりしたまま、穏やかにいびきをかき、わたしは押しつぶされたままだった。

わたしはふたりに、頼むから町に出てくれと訴えた。徒歩なら道もわかるはずだ。

「牽引トラックを連れてこい！　急いで！　このままじゃ耐えられそうもない！」

町へ向かったふたりは何時間経っても帰ってこなかった。レッカー車が来る気配もなかった。なんとか動けないかともがいてみたが、体力を消耗するばかりだった。しまいには息が切れ、疲れ果てて、もう無駄にあがくのはやめた。

曙光が射すころになって、馬具と車輪の軋る音が聞こえてきた。わたしが叫ぶと返事の声が来た。音が忙《せわ》しくなり、近づいてきた。それが消えたと思うと、車のウィンドウに灰色の顔が現われた。

トウモロコシを積んだ馬車で町へ行く途中の農夫だった。農夫はわたしとインディアン女を見て目を丸くした。そのうち膝を叩いて大笑いをはじめると、腹を抱えて土手に倒れこんだ。

その状況の何がそんなに可笑しかったのか、さっぱりわからなかった。だが、それにたいするわたしの不謹慎な言葉が、ますます農夫の笑いを誘ったようだった。死にかけてる男を笑うのかと、わたしが怒りを表明してようやく、農夫はわずかながら自制を取りもどした。

彼はラバを馬車からはずしてきて車に繋いだ。車は難なく起きて道にもどった。

農夫は謝礼を受け取ろうとしなかった。息を喘がせ、お楽しみに涙を流しながら、金を払うのはこっちのほうだと言った。

「いや――ヒッヒッヒッ！――こんなに笑ったのはいつ以来かな。いったいどうしてこんなざまになっちまったんだい?」

「おかまいなく」わたしはむっつりと言った。「どうぞおかまいなく」

わたしは車を走らせた。最後に見た農夫は、ラバの一頭に腕をまわしていた——本人はヒッヒヒッヒッと高笑い、動物はヒヒーンといななないた。

数百ヤード行ったあたりで牽引トラックと出会った。トムと痩せっぽちが同乗していた。彼らは車の場所がわからなくなり、田舎道をひと晩じゅう捜しまわっていたらしい。

ふとっちょは意識を取りもどした。トラックの運転手が、インディアン女たちを望みの場所まで連れていってくれることになった。その彼がガソリンの一ガロン缶のプレゼントをくれて、「ぜったい要るからさ」と謎めかして言った。

彼の言うとおりだった。トムとわたしは通用口からホテルにはいり、人に見られず部屋まで行った。シェードを下ろすと、その後十二時間をすごした。そうせざるを得なかった。それだけ暇をかけてインディアンの出陣化粧を落とそうにも、すっかりきれいにとはいかなかった。わたしたちの人体には、ブラシとガソリンの施術をおこなうには柔らかすぎる部分があったのである。

さいわい、そこは人前にさらす必要のない場所だった。

19

一九三八年の秋、わたしは古くからオクラホマの労働運動を担っていた二名の訪問を受けた。彼らは州内ではその先駆者であり、それなりの力を持つ男たちだった。オクラホマ議会代表団の数名が認めた、心やさしい紹介状を携えた彼らは、作家プロジェクトに州の労働史をまとめてほしいのだと要望を口にした。

たしかに、この紳士たちは大変好感が持てたし、わたしは個人的にそのプランに共鳴した。しかし、これをやるのは非常に多くの面で得策とはいえなかった。わたしはそのことを説明して、ふたりに引き取ってもらった――友好的な話し合いだったが、そこに今後悩みの種になりそうな気配が残った。わたしはすぐに長い手紙をワシントンに書き送った。

その内容は――やがて間違いなく、本をつくれと政治的な圧力がかかるだろうが、それには抵抗すべきだし抵抗しなくてはならない。労働運動家は誤りに敏感である。正確で偏りがないだけの本と見なせば敵意を向けられる。しかも、組合間の反目というのがある――たとえば、管轄をめぐる争いは絶えることがない。歴史を描くうえで、彼らの存在は無視できないが、その記述が貧弱すぎるとなれば、かならずや組織の機嫌を損ねるだろう。本が完成するまえから誰ひとりよろこばない、誰もが怒りだす事態が起こり得る。

この先、労働運動側が自負を持って、公正で事実に基づく歴史を受け入れるとは思えない（これも手紙の内容だ）。たとえ今回の件が当てはまらないとしても、この仕事を避けるべき立派な理由がある。連邦の支出は全国民のためになされるものだ。本件はそうではない。労働史を著わすのであれば、われわれは人口を形成する別の一派からの要求にも応えていくことになる。州の商工会議所などから歴史書を依頼されれば、それを拒否する正当な理由はどこにも見当たらない。

手紙の返事は来なかった。受け取ったという通知もなかった。ワシントンからは二週間後、労働史の作業を進めるようにとの指示だけが届いた。

わたしはしたがった。

すると予測していた問題すべてが、それ以上のものとなって持ちあがった。労働界の指導者たちを集めようものなら、激しい乱闘になる危険と隣り合わせだった。組合の意に染まない記述があれば、それはきまって〝大ぼら〟で、〝あっち側に座ってるあの男〟

（敵対する組合の指導者）にそれを認めさせろ、となった。わたしはといえば、愚か者呼ばわりから全国製造業者協会に金をもらっているという個人の偏見まで、ありとあらゆる汚名を着せられた。

幸運だったのは、わたしがそれぞれ州の労働長官と副長官、パット・マーフィとジム・ヒューズの信任を得ていたことである。騒ぎを収めるのに、このふたりの力は欠くべからざるものだった。しかし、これもおかしな話だが、わたしが多大なる協力を受けたのは、出版委員会の会合への出席をことごとく拒絶して、事務所に訪ねてきたら蹴り出してやると脅しをかけてきた人物なのである。

わたしはその彼を訪ねた。彼は約束どおりの蹴りではなく、耳が腫れるほどの悪罵を浴びせてきた。委員会に出た知人に耳打ちされて、組合が中傷されていることは〝何から何まで〟聞いて知っていると言った。で、もしその一言でも印刷にかけようものなら、議会で大騒ぎになるぞ。そんなまさかと見くびるようなら、おまえは見た目以上に大馬鹿者だ。

わたしは、こちらにあなたの組合を傷つける理由があるでしょうか、と質した。彼はそんなことは知らない、でもそうに決まってると吐き棄てた。そこでわたしは彼の前に原稿をひろげ、別の組合に関して書かれた箇所を読んでみてくれと言った。

　そこには対象の組織におもねるような記述はなく、彼は読みながらうんうんとうなずいていた。こいつらの本性はわかってると言った。彼らについて、そして時期について、ようやく真実を語る人間が現われたのだ。わたしは別の箇所も示した──同じように手厳しく、他の組合のことが書かれていた。彼は目を輝かせて読んでいった。

「もうちょっと強く書けないもんか。おれがあんたをびびらすこの下種野郎どものことを教えてやろう」

「もっと抑えた調子にするべきかと思ってます」とわたしは言った。「文句を言われてるので」

「そりゃあ文句も言うわな。真実は人を傷つける」

　彼は殊勝にうなずいてみせた。やがてその顔に赤みが差していき、彼は不快そうに咳払いをした。

「たしかにな、人にきつく当たればいいってもんじゃない。いまやうちも州で一、二を争う組合だが、ここまで来るには何度か──ああ──そうだ──ちょっとは道をはずしたこともある。でもな──」

笑いたいのと怒りだしたいのと、その板挟みでわたしは彼を見つめた。やにわに立ちあがって原稿に手を伸ばした。

「教えてほしい」わたしは言った。「私でも、あなたほどの大物に道理を説くことはできそうですが、あなたは他の連中よりずっと性質《たち》が悪い」

「おい、ちょっと待て。おれが言ったのはだ――」

「少なくとも、彼らは手前味噌の本をつくれとは言いません。あなたはまさにそれを求めてる。あなたは大声を出すのが得意で、ちょっとしたことでわめきちらし、みんなから咎められたら議会で大騒ぎして、それで――」

「座れ」有無を言わせない口調だった。「おれはあんたのことを誤解してたらしい。あんたもおれのことを誤解してるんじゃないか。初めからやりなおそう」

わたしは腰をおろし、ふたりで原稿を検討していった。彼は自身の組合にたいする言及には毛ほども納得していなかったが、自分が公明正大であることを証明しなければならない――わたしや他の労働組合に、自らの大物ぶりを誇示しなければと考えていた。そして彼のこの態度が先例となり、わたしは他の連中を整列させることができた。

とはいえ、作家プロジェクトは載せるべきことをすべて原稿に載せたわけではない。

しかし、これは組合員たちの姿勢も一因だったにせよ、出版資金の不足によるところが大きかった。わたしたちは使えるかぎりの金で、できるだけ内容が広範囲にわたるような本を出した。

ここで述べておきたいのは、政府が出版資金自体を出さなかったことである。出たのは原稿の準備に要する費用だけだった。そんなわけで当初、わたしは組合をまわり、金をかき集める仕組みをつくろうとした。それはうまくいかなかった。組合員の間で大揉めに揉めた。不信が募った。最後にはというか、最後に至るずっとまえから、わたしは財宝荒らしをやっていた。

一九三九年の晩夏には、それなりの分量の一巻を出す資金のめどが立ち、原稿もそろった。ワシントンの承諾を得た。印刷所に原稿を送った。その数日後、活字が組まれた段階で、わたしは州のさまざまな作業プロジェクトを統括する本部に呼ばれた。そこで出版中止という厳命を受けた。

仰天したわたしはその理由を訊ねた。もし本の一部にもっともな異論があるなら、それはよろこんで削ります。もうさんざん割愛したので、消す箇所はろくに残ってないと思いますが。するとむこうは、原稿を読む〝時間が取れなかった〟(原稿の写しは何日も預けていたのに）、問題はそことは関係がないと言った。とにかくこの本は出版すべきじゃない、以上。

わたしは言った。本は出版します、以上。

オフィスにもどると……ワシントンからの長距離電話がかかっていた。いま州の職員と話をした。本の出版差し止めで意見が一致した。

憤りのあまり、満足にしゃべれなかった。「この話はそっちがねじこんできた」とわたしは言った。「関わりたくないと、その理由まで話したのに――いいからやれと、そっちが命令してきた。それで取材と執筆に政府の金を注ぎこんだ。組合からはもう出版資金を集めたし、印刷所と契約もして活字も組みあがってる。そこへもってきて、なんの説明もなく全部忘れろと。忘れるわけがない。忘れようったって忘れられないし、忘れたくもない」

わたしは電話を叩きつけた。秘書を呼び、四通目にして最後の辞表を書いた。

わたしは、付きつけられた最終通告の裏にあるものの正体を知った――じつに卑しい政治のしわざである。国政選挙が間近に迫っていた。右へ急舵を切った政権は、保守層を刺激するような真似はこれっぽっちもすまいと決めた。労働側に何かをしてやる、特別な配慮を示してやる必要はない。ひどい仕打ちをしたところで、労働側は政権に付いてくる。ほかに途はないからだ。翻って、保守層のことは懐柔しなくてはならない。彼らの投票なしに活路は開けない。

ワシントンは、わたしの〝反抗〟にたいして役人を派遣してきた。わたしたちはその彼とホテルの部屋で会った。どこか取り澄ました、年増のメイドを思わせる男で、わたしの想像とちがって下手に出てきた。ワシントンはあなたの辞職を望んでいない、と彼は言った。ワシントンも自分も、みんなが満足できるかたちで歩み寄れると信じていると。わたしは、それでは自分の気がすまないと答える一方で、辞職は先延ばしすると告げた。

話を大幅に縮めると、その日の午後が過ぎていくうちに、わたしたちはかなり打ち解けていた。むこうから酒壜を持ち出してきて、最初の一杯でその取り澄ました感じが消えた。あなたは素晴らしい人物だ、と彼は言った——これは普段から彼の周囲にいるお偉方たちの受け売りだった。もう何時間も仕事の話をしてきましたが、そろそろお楽しみのほうはいかがかな？　今晩、どこかで憂さでも晴らしませんか。

そう、ナイトクラブやまともな芝居をかける劇場がない街では、選ぼうにも娯楽の幅は狭い。どのみち、むこうは〝お決まりのもの〟にはあまり興味を見せなかった。飲みながら話し合ったすえ、遊園地に行くことにした。

あれやこれやと乗り物に乗って、彼はすっかりはしゃいでいた。ゲームセンターへ行くとパンチングマシンに目を付けた。

「勝負だ」と彼は言った。「そっちが先にやって、つぎが私だ。あなたより強く打ってみせるよ」

わたしはスロットに硬貨を入れ、鎖に付いたバッグを下ろして殴った。彼はその衝撃を示す目盛りに目をやると、脇へ寄れと手で合図した。

彼はボクサーというより野球選手のように振りかぶった。「こいつを見てろ」と言いざま腕を振った。バッグが目盛りに当たって撥ねかえった。そして、その軌道から避けなかった彼の顔をしたたかに打った。

こうして夜の娯楽は終わった。凍るように冷たく、責め立てるような沈黙のなかを、わたしは彼をホテルまで送った。むこうは両目にみっともない青痣をこしらえることになり、どう考えても立場の弱いわたしは、心に痣をもらうことになりそうだった。どう転んでも、むこうがワシントンへもどるが早いか一発見舞われるという、そんな予感がしてならなかった。

わたしの人生は、こんなふうになってばかりだった気がする。わたしはへとへとになるまで己れをけしかけ、何より正しいと思う姿勢を貫こうとしてきた。すると、そこに気まぐれな運命がちょっかいを出してきて、不条理きわまりない事態を惹き起こした。わたしの奮闘と正義は無に帰した。

予感は当たった。

件の紳士はワシントンへ帰った。

ワシントンはわたしの辞表を〝不本意ながら〟受理した。

わたしは辞職を拒んだ。プロジェクトの予算が切られた。幹部ともども、わたしは労働史が印刷所の手を離れるまで無休で働いた。

どこかで糸が引かれ、直属のスタッフが異動させられた。わたしは自分のために必死で糸をたぐった。

数週間後、ノースカロライナ大学出版の仲介により、わたしはロックフェラー財団から一年間の調査助成金を得た。

20

数日まえの晩、家の近所が珍しく静まりかえったころ、妻とわたしは、われわれも子どもたちも若かった〝古き佳き日々〟の思い出にふけっていた。

「よく我慢できたものだわ」とアルバータは愛憎半ばといった調子で言った。「あんなおかしな、自分勝手な子たちっているかしら！　きっとあれはあなたから受け継いだのよ、ジミー」

「ああ、間違いないな」とわたしは答えた。「まさかきみのせいだとは思えない――」

「まあね」アルバータは肩をすくめた。「そう、そもそも正気の女性はあなたと結婚しないけど。結婚したらすぐに頭がおかしくなるから。ところで結婚といえば、ミスター・トンプスン……」

「なんだい？」

「結婚するときに渡した二十ドル、まだ貸したままなんですけど」

「話をもどして、あの子たちはほんとに手がかかったね。そりゃいまでも、あいつらは自分の道を元気で進んでるけど、あのころと較べたらね――パトリシアが六歳、シャロンが三歳、マイクが一歳か……」

……あの子たち――わが子――パット、マイク、そしてシャロン。彼らはこの世に生まれ出るとわたしたちのことをじっくり観察して、これは能なしのお人好しと決めつけたが最後、こちらのことは歯牙にもかけなくなった。専門家に言わせると、彼らが大人で、わたしたちが子どもということらしい。彼らは食事用の高椅子、ベビーベッド、おまるなど、乳幼児用の道具と無縁だった。

三人が三人、自分用のダブルベッドを要求した。普通のトイレを使いたがり、便器のなかに落ちてしまうのはしょっちゅうだったけれど、それで恥じることは一切なかった。高椅子、ミルク、ベビーフード――そういったものには見向きもしなかった。歩きだすまではテーブルに座った。そうやって座りたいと、ハンガーストライキでもって要求を通そうとした。積んだ本の上に座り、刃が鋭く長いカービングナイフを巧みに使った――各自がお気に入りの一本を持っていた。アルバータとわたしが呆気にとられて見つめるなか、ハムの塊や九ポンドのローストが魔法のように消えてしまうこともあった。彼らはわたしの煙草を吸った。わたしのビールをくすねた。彼らは三つの独立した権力として家庭を、家庭内とその周辺のことすべてを牛耳っていた。

いちばん上のパットは、三人のなかでもイカれ具合がましな気がして、比較的手も掛からなかった。あくまで比較的ではあるが。大学教授のボキャブラリーを持って生まれたようなパットは演劇も好きで、その最初の特性を二番目のほうに応用した。電話で五分も話をさせると、パットは〝トンプスン夫人〟や〝トンプスン夫人の私設秘書〟になりきった。店につぎつぎ電話をかけ、芝居の小道具係のように品物を注文した。それはもう言葉巧みにしゃべるものだから、店のほうで折れて、アルバータやわたしには断わってきた付け売りを認めることも多々あった。

末っ子のマイクは、わたしが人間のなかで最も恐ろしく、人類にたいする直接の脅威とみなしている連中――つまり、いたずら好きだった。わが家を訪ねてくる客は、かならず帽子や鞄などにおむつを詰めこまれた。そのおむつというのが、見た目になんとも忌まわしいものだった。パット同様、芸術志向のマイクは夕食の残り物にマスタードとマヨネーズを混ぜあわせ、母親やわたしの目まで惑わすような、それはもう怖いほど本物そっくりの汚物をつくり出したのだ。

シャロン、真ん中で二番目の子……シャロン。彼女のことを書けば一冊の――一ダースもの本になる。だが紙幅は限られているし、ここは彼女のとくに厄介な奇癖にしぼったほうがいいだろう。

シャロンは野生動物を集めた学校を運営していた。

パトリシアが乳児のころに買ったものの、当の本人も下の子たちも乗るのを拒んだ乳母車があったのだが、シャロンはそれを押して路地や横道をパトロールしながら、大きくて醜い猫や雑種の犬を見つけては保護していった。犬も猫もいっしょくたにしてバギーに乗せていく。すると、それが彼女の奇妙な魅力か、身に具えた魔力のなせるわざか、動物たちは争いも抗いもしないのである。

「いい子ね」シャロンは片腕にブルドッグ、片腕に雄猫を抱きかかえて話しかける。

「ともらちになるのよ」こうしてバギーに乗せられた犬と猫は、友だちにはならなくても、じつにお行儀よく振る舞うのだ。

バギーが満員になると家に帰って浴室へ行く。身体を洗って怪我の手当てをしてやってから、動物たちをキッチンへ連れていく。キッチンで数ドル分の食料をごちそうしたら、つぎは居間へと移動する——そこがシャロンの〝学校〟だ。シャロンは動物たちを並ばせると、めいめいが清潔にすること、〝ともらち〟になることの大切さなど幅の広い講義をおこなった。

〝卒業〟の条件について、わたしは与り知らないが、出会ったと思ったら一時間かそこらで解散したクラスもあれば、夜まで拘束される面々もいた。いずれにしても、大学院での研究はなかった。クラスは日々、新しい動物の生徒たちと入れ代わった。

で、わたしの話を進めることにして――こんな三人の子どもがいると、どうしてもわが家というものが必要という気がしてきた。そこで、作家プロジェクトを辞める数カ月まえに引っ越しをした。もちろん、一括で買うのは無理だった。家具に関しては――八室に新品をそろえて――相当な額の手付けを打ち、差額はローンで延々と返済することになった。借金をする不安はあったけれど、それでもこの転居は賢明な選択だと思った。

その家はまとまりなく広い、風合いの異なる煉瓦で組みあげた一軒家で、広大な裏庭と車庫、そのうえ召使い用の部屋まで付いていた。それでいて価格は妙に安かった。あまりに安価なので、どこかに重大な欠陥があるんじゃないかと心配になった。だが、わたしも建築には多少の心得があり、ざっと調べてみたところ、一級の建物であることがわかった。かくていま述べたように購入、転居となったわけである。

わが家ですごした最初の午後は、幸福なひと時だった。子どもたちもよろこんで、新しい家具に目を輝かせた。パットは付け買いするのはやめると約束した。マイクはおむつとマスタードのいたずらを控えることに同意した。シャロンはというと……

「あの子は」アルバータは嘆息した。「ちょっと目を離すと、もういなくなってるのよ」

「まあ、行く先はわかってるわけだし。乳母車を押していったからね」

「だったら、早くあの子を探してきて！　せっかくいい場所を見つけたんだし、もう手放したくない。あの子に言って——頼んで——お願いだからって……。あなた、何をへらへらしてるの、マイク？」

マイクの笑顔がひろがった。「シャーンはね」と言った。「シャーンはうちのちたにいうよ」

「なあに？」

「うん。うちのちたれねこといぬといっちょ」

たしかに、床を踏んでみてわかった。庭に出ると、ちょうど家の土台の換気口から、蜘蛛の巣と埃にまみれたシャロンが出てきたところで、動物の仲間たちがそのあとにつづいた。

「いえにむちがいた」彼女はさらりと言ってのけた。「わるいむちよ。どけてって呼んだのに」

アルバータは家の下には虫がいるものだと、どこの家の軒下にも虫はいると言った。

「わたしがどけてほしいのはね、その動物たちよ。あと、頼むから身体を洗って」

シャロンは文句も言わずにクラスを解散した。〝虫狩り〟の演習に参加したことで、生徒に卒業証書が出たのだろう。わたしたちが家にもどろうとすると、パットがきゃっと叫んで首についた四インチのムカデを払いのけ、その手でマイクを軽く張った。

「いたずらこぞう！　あたしにクモをつけたりしたら、しょうちしないわよ」

「してない」マイクはしかめっ面をして姉の脛を蹴った。「むちはきらいだもん」

「いったでちょ」とシャロンが言った。「いえのちたも。いえのなかも。むちはどこでもいるの」

「まあ、そうかもしれないけど」アルバータは険しい顔で言った。「みんなあなたが連れてきたのよ。さあ、身体を洗って、しばらくおとなしくしてなさい！」

わたしたちはマイクとパットを家に引き入れると別々の部屋に閉じこめた。シャロンに浴室を使わせて、それからわたしはアルバータとふたりで夕食の準備にかかった。

平穏な一時、アルバータはステーキを叩き、わたしはジャガイモの皮をむいた。と、いきなりアルバータまで悲鳴をあげ、持っていたフライパンを床に落とした。

「ジミー！　み、見て、あれ！」

わたしは見た。鳥肌が立った。コンロのなかから這い出してきたムカデの大群が、レンジの側面から床に滑り落ちていく。

わたしは駆除にかかった。目にはいったものを片っぱしから踏みつぶした。だがアルバータの身顫いはおさまらなかった。おそらく、これは彼女も認めていたが、長く空き家だった物件にこういったことは付き物なのだろう。でも、今晩は火を使わない夕食じゃだめかしら？

そうしようということになり、わたしは近くのデリカテッセンまで車を走らせた。三十分ほどで家に帰ると、アルバータと子どもたちは前庭に立ちすくんでいた。その場で居心地悪そうに身をよじったりしていた。

「ジミー」アルバータが声を絞り出した。「ここには住めないわ！　それこそ、うじゃうじゃいるじゃやない。ベッドも椅子もテーブルも――冷蔵庫にもいるわ！　わたしたちが動きまわったら、もっとひどいことになる」

「そんな、そこまでひどくはならないさ。虫を殺すのに手間はかかるけど――」

「いえ、そこまでひどい状態だし、それにムカデだけじゃないわ。この家はそこらじゅうシラミだらけに決まってる！　椅子に座ったらさんざん咬まれるのよ」

そこで、わたしひとりで調査をしたところ、妻の主張が誇張ではないことが判明した。わたしたちのまっさらの家具すべてがシラミにたかられていた。醜い茶色の虫の大群を間近にすると、頭のてっぺんから足の先までむず痒くなった。思いつく理由としては、買った家具に虫が付いていたというくらいしかない。

まだ六時になっていなかったので、家具店の店長に電話をして事情を説明した。わたしの信じる事情を、というべきか。店長は憤然とした様子でまくしたててきた。

この老舗のB――家具店に虫が？　まさか！　ご冗談を！「それはおそらくですな、ミスター・トンプスン――」

「家具はおたくの倉庫から運ばせたものだ」とわたしは言った。「それまで倉庫に置いてあったんだろう。きっと、おたくの扱う中古家具に虫がいて、それがうちのにくっついたんだ」

「し、しかし――」店長は疑心に駆られていた。「しかし、わが社の中古製品はすべて、保管まえに燻蒸をおこないます！　そこはわが社の厳格なルールです。うちの作業員がそのような不注意を——」

「現実を見てくれ。こっちで使って三時間足らずの家具が、いまじゃ虫だらけで跳びはねそうになってる。ここでそんなことがあるはずはないんだから、初めから付いていたんだ。それしか説明がつかない」

「それは——」店長は空咳をして——「もしも当方に落ち度があるとすれば、その責任はですね……」

「ここから運び出してくれ。今夜のうちに運び出して新品と交換するんだ。で、持ってくるときには、よくよく検品したまえ」

「はい、はい」店長はせっかちに言った。「しかし——あの——今夜はですね、ミスター・トンプスン。それはどうかと——」

「よく考えたほうがいい」とわたしは言った。「もしやらなかったら、おたくはもう一セントも稼げないばかりか、訴えられることになる」

店長は屈服し、口ごもるように謝罪の言葉をならべた。二時間もしないうちに、虫付きの家具は撤収され、新しいものと入れ換えられた。家族でじっくり確認して、虫がいないことに納得すると、すっかり遅くなった夕食をすませて床についた。

誰が最初に声をあげ、身体を掻きむしってベッドを飛び出したのかはわからない。虫の襲撃は同時におこなわれたようで、わたしたちは一斉に反応していた。

腫れてひりつく肌をさすりながら、わたしたちは家具をあらためて注意深く調べた。その結果に、シャロンだけは驚いていないようだった。

「いったでちょ」シャロンは落ち着きはらっていた。「むちはいえのちたにも、いえのなかにもいるのよ。レンガと木のなかに」

シャロンを見たアルバータとわたしは、不安に顔を見合わせた。「ジミー、まさか――だって、そんなことってある?」

「わからない。でも、突きとめる」

わたしはこの物件を売った不動産業者に連絡した。彼は愛想もなく、悪びれるところもなかった。

「あの家は現状のまま売ったんだ、憶えてるか、トンプスン? 忘れたんだったら、販売契約書にはっきりそう書いてある」

「じゃあ、こんな家だって知っていたのか? あんたはそれを知っていながら――」

「現状のまま、だぞ、トンプスン。保証は付いてない。そこはあんたの家だ……あんたが金を払いつづけるかぎり。虫のことはそっちの問題だ、こっちは関係ない」

むこうはいきなり電話を切った。かけなおしても応答はなかった。わたしは毒づきながら、夜間のサービスを謳う害虫駆除業者に電話をかけた。

ざっと見積もっても、この大きさの家を改修するには数百ドルはかかる。しかし、それを惜しんだら——といって、そんな金を工面するあてなど、すぐには思いつかなかったが——投資した何もかもが水の泡と消えることになる。

電話に出たのは害虫駆除会社の社長だった。彼はすぐに社の者を向かわせると答えてから、ふと黙りこみ、住所をもう一度教えてくれと言った。

わたしは住所をくりかえした。

「おっと」彼は穏やかな声で言った。「ご主人、これはお手上げだ」

「どういうことだ？　現場を見もしないでいったい——」

「そちらには伺ったことがあるんです。去年二回行って、二回目は一回目よりひどい状態でした。まずひとつには、家が建っているのがムカデの都市の——つまり、大きな巣の真上でして、それがどこまで広く深くつづいているか見当もつかんのです。つぎにトコジラミのほうですが、そんなふうに潜りこんでると、やるにはじっさい家をばらさなくてはならないし……。作業ができないとは言いませんよ。できますが――」

「はい?」

「家の値段より高くつくでしょう」

わたしは電話を切った。

わたしたちは悲しい気分で、裏庭に毛布をひろげてねぐらをつくった。

それから一週間、アパートメントを借りる金をかき集めるまで、わたしたちは野営の生活を送り、焚き火で料理をして地べたで眠った。

広い空間ができたおかげで、シャロンは動物クラスを拡大したし、パットのお芝居も上演された。マイクのいたずらも桁外れにふえていった。早い話が子どもたちはこの暮らしを満喫していたわけで、彼らを他所へ連れていくには鞭と高価な飴が必要だった。

アルバータとわたしはというと、ささやかな貯えと借金を徒にして、その件にはおたがいふれないようになっていった。

21

わたしがもどって一年ほど後に、父母とフレディはオクラホマシティに居を定めた。フレディはレジ係の仕事に就き、母はパートタイムのセールスウーマンの職を見つけた。父も職を得たが、それは一時のことだった。単調で退屈な作業内容で、本人にやる気はあれど、どうしても注意力が散漫になった。やがて、父は上の空が昂じて佳き時代の追憶に引きこもるようになり、解雇を言い渡された。

ろくな仕事ぶりではなかったにせよ、失業は父の気力に深刻な打撃をあたえた。自らを役に立たない除け者と思いなした父の苦悩する姿が、わたしには何より悲しく心配だった。少年から青年時代にかけて、わたしは父の基準から遠く掛け離れている自分を強く意識していた。父はいつもやさしかったが、わたしはどう転んでも父の望んだ息子ではなかった。まあ、それは過去の話ではあるが、当時はいかんともし難いことだった。しかしいまなら、父を失望の縁から引き揚げる力になれる気がした。誰からも手を差しのべられないのなら、昔の失敗を埋め合わせるために、わたしがやれることもあるだろう。

父は熱狂的で博識な野球ファンだった。このころにはオクラホマシティでも、野球賭博がひろくおこなわれていた。この賭博は組織化されていなかった——参入をこころみた犯罪組織の連中はすぐに追放された。だが小さな賭場を開こうという〝地元の人間〟は妨害も受けず、また当局から上納金を求められることもなかった。

わたしは父に、そんな事業に興味はないか訊いた。父は興味を示すどころか、がぜんやる気を見せた。そこでこの企画を、ビリヤード場とビアホールを経営する知人に持ちかけると、よろこんで応じてくれた。テラ銭は取らないからと言った。彼のところには黒板とウェスタン・ユニオン社のティッカーマシンを置く広さがたっぷりあったし、賭けをやれば本人の商売にもなる。

こうして備品が導入され、父は百ドルの現金を元手にビジネスをはじめた。街の胴元ならどこでもやるように、父はチームに関係なく分のいい、たとえば六対五といったオッズの勝負を引き受けた。しかも賭け金の上限を五ドルに設定した。そのやり方で回していけば間違いなく勝てる——手持ちの百ドルに大きな穴があくことはあり得ない。わたしが一週間街を離れることになり、何かあったときには父を頼むと店の所有者にお願いしたのは、多分に形だけのことだった。

その一週間が過ぎた。わたしがオフィスにもどった初日の朝、父が訪ねてきた。賭けは調子がいいぞ、と父はぼんやりした様子で言った。目論見どおりにさばいて、毎日そこそこ儲けを出してる……。

だが、父の財布は空っ穴だった。

「そんなことがあるか！」わたしは言った。「たとえ毎日負けたって、そんなことにはならないぞ。もしかして」──わたしは父を鋭く睨んだ──「人にくれてやったのか？古い友だちが会いにきたんだろう？」

咎めるわたしに父は色をなした。くれてやったりなんかしてない、と言った。おれの友だちは物乞いじゃないと。〝小口の融資〟をしてやったほうがいいとは思ったが──わたしは苦々しい思いを嚙みしめた。この〝友人〟にたいする気前の良さというのが、父を百万長者から貧困におとしいれた大きな原因であり、そのせいでわたしの少年時代、わたしたちは──父の家族は──長年親戚と同居するはめになったのだ。

「わかったよ」わたしはようやく口を切った。「父さんの再起を期して有り金をはたいたけど、車のローンを借り換えてもう一度資金をつくるから。だけど今度はね、父さん……」

「わかってる」父の声には怒りがにじんでいた。「もうその話はしなくていい」

「はっきりさせておく。もしまたその連中がたかりに来たら、ただじゃすまない」

わたしは電話でローンの手続きをした。そして、依怙地で傷ついた父を後に残し、ビアホールの友人に会いにいった。

父から金を〝借り〟たやつらの正体はおおよそ見当がついた。比較的若く、頑健な図体を持てあまし、たんに働きたくないからという理由で人にたかる。ポケットに札束を隠して金をせびろうとする類の連中だった。わたしがそんな二人組の風体を語ると、店の経営者は暗い顔でうなずいた。

「たしかに来てる。親父さんがはじめた初日に姿を見せて、それから毎日ここに現われる。あのふたりは最低のペテン師だな。そう、あんな見ず知らずの連中が、おれにまで金をせがんできたんだぞ！」

「いい考えがある」とわたしは言った。「きょうの午後、おれは奥の部屋でしばらく待機する。連中が現われたら、ビリヤードのキューで痛めつけてやる」

「ちょっと待った――」店主は困ったように頭を掻いた。「おれがそんなのを認めるわけがないだろう、ジム。ここで快適で清潔な店をやってきて、揉め事なんか一度も起こしたことがないし、おれはそいつを守っていきたい。とにかく――」

「わかった。だったら表でやつらを捕まえる」

「――とにかくだ、そんなのはうまくいきっこない。親父さんにはそれなりに強く言いふくめたんだが、聞いてもらえなかった。逆に怒られたよ。思うに親父さん、昔は相当な大物だったんじゃないか？　それで、いまはそうじゃないってことを理解できずにいる――もう昔にはもどれないんだってことをね。たぶん、そうしてないと生きていけないんだろう」

「でも、こっちからちゃんと――」

「この賭場のこともそうだし、親父さんが金を扱うような話はあきらめたほうがいい。あのティッカーとか何やかやで、けっこうな金がかかってるのはわかるんだが――ああ、そうだ、金といえば――」

彼はキャッシュレジスターのキーを叩き、その引出しから小さな紙片を何枚か取り出した。借用書だった――父の。合計すると、わたしの車のローン残額とほぼ等しかった。

「悩んだんだけどな、ジム」店主は申しわけなさそうに言った。「きみからよろしく頼むって言われてたから、ま、そういうわけだ」

もちろん、わたしは彼に金を払った。その結果、ローンを返せなくなって車を失った。

言うまでもなく、父の賭場は再開しなかった。

医者によれば、父は肉体的にはなんの問題もなかった。しかし、自分を用なき者と思い、先々の希望も持てずにいる人間がそうそう健康を維持できるものではない。父の体調は急速に悪化した。人の世話になることがぐっとふえた。助成金の支給が終わるのをしおに、わたしはカリフォルニアへ行くことにしたのだが、父の身体は長旅に耐えられるような状態にはなかった。

そこで問題になったのは、もう仕事がなくなるというフレディと母までカリフォルニアに移りたがったことである。結局、ほかに解決策が見つからないまま、父は小さな療養所にはいった。

わたしたちとしては、父がひと月かそこらで、自力で退所できるようになることを願っていた。それが不可能となれば、金が工面できしだい、看護婦の付き添いで父を連れ出すしかなくなる。

さしあたって金の持ち合わせはなく、算段もつかなかった。わたしは友人から借りた車を運転した。その車は、もとは友人がカリフォルニアへ行っている兄から借りたものだった。旅で使う代金がわりに、サンフランシスコでカーディーラーをやっているその兄のところへ車を返しにいくことになった。

こうして本拠にするつもりでいたサンディエゴに着くと、家族を降ろしてサンフランシスコへ向かった。その距離はたった五百マイル――楽に一日で行けると思っていた。ところが、現実離れしたカリフォルニアの交通事情には疎い身に、五百マイルは長い長い道程だった。ロサンジェルスに着いたのが正午過ぎで、それから数時間、やっと街を出たころには日没が迫っていた。

金がない、時間はもっとないという事情で、ハイウェイ脇のデリカテッセンでスナックを買って持ってきていた。その内容はチーズ、クラッカー、ディルピクルスにポートワインを一本。都市の渋滞を抜けてから封を切り、飲み食いしながら運転をつづけた。

祖父の家で暮らした少年時代からこのかた、わたしはワインを飲んでいなかった。あのころにくらべると、コクがあって口当たりも柔らかい気がした。ぐっと呷ると、身体に染みこんだ緊張が洗い流されていく感じがあった。道端の店でもう一本買った。一クォート二十五セントの値段は、水を除けばまずいちばん安かった。樽からラベルのない壜に注ぐというやり方で(いまやそんな代物は買えない)、中身は味で判断するしかない。で、わたしの味覚によれば害はない。

このあやまちが死を招くところだった。

知らず知らずのうちに、頭が朦朧としていた。あやうくハイウェイから道をはずれそうになった。わたしは慌てて車を停め、目をこすった。目の焦点が合わないし、しつこい眠気が付きまとってくる。最初に行き当たった屋台でブラックコーヒーを仕入れることにして、車をゆっくり走らせていった。

何マイルも過ぎた。屋台は一向に現われない。夜になり、必死で目をあけていると、数百ヤード先の路上にヘッドライトが人影を照らしだした。

男は車を止めようと合図を送ってきた。これぞ救いの主かもしれない。わたしは徐行しながら男の姿に目をやった。

若い――齢のころは十七、八。かなりいかつい強面……でも、それがどうした？ もっとひどいのを何度となく見てきた。

わたしは男と向きあうように車を停めた。「どこまで行くんだ？」と疲れた声で言った。

「サンフランシスコ」男はドアに手を掛けてためらっていた。「というか、サンフランシスコあたりまで。あのへんの小さな――」

「運転はできる？ じゃあ、乗りなよ」わたしがそう言うと、男は車に乗ってきた。

彼は飛ばし屋だったが、運転はうまかった。しばらく様子を見てから、わたしはワインの栓をあけてシートの背に凭《よ》った。

「止まってくれて、ほんと助かりました」と男は言った。「こいつはひと晩立ちっぱなしかなって、覚悟してたところだったんで」

「こっちも連れができて助かった。しかし、どうしてこんな遅くハイウェイに立ってたんだい?」

「市民保全部隊《CCC》のキャンプですよ」男の顔が苦々しさに固まった。「ほら、失業対策の。家族に月三十ドル行って、こっちは囚人みたいな扱いをされるんだけど。今夜、放り出されちまって」

「そいつはひどい。どうしてまた?」

「それが、ぼくはほら、このナイフを持ってて、別のガキがそいつはおれのもんだって言いだして。それでやっと喧嘩になって、ぼくのほうが放り出されたんです」

わたしは同情の言葉をつぶやいた。彼は話をつづけた。

家族が自分のことをどう思ってるかわからない。たぶん、出来が悪いと思ってるし、たぶんそのとおりなんだろう。二年まえ、ハイスクールをやめて働きに出て、それから三つの仕事を――ＣＣＣは数に入れないで――やったけど、どれも長続きしなかった。勤め先がつぶれたり、経験のないことをやらされたり――まあ、いろいろですよ。真面目にやろうって人間に用はないって感じだった。頑張れば頑張るほど痛い目に遭った。

「たまたま不運がつづいただけさ」とわたしは言った。「そこで踏ん張れば脱け出せるよ」

「ええ」と彼は洩らした。「口で言うのは簡単ですけどね。いい車に乗って――」そこではっとして、「すみません。なんだか自分が情けなくなってきたな」

彼は押し黙った。酒に酔ったわたしは闇のなかで頬をゆるめた。

口で言うのは簡単。わたしはといえば〝自分の〟いい車に乗り、いいスーツを着て、サンディエゴへ帰るもぐりのバス料金に多少上乗せした金を懐にしている！　置かれた苦境はこの若者の何倍もひどいというのに。わたしは自分を激しく長く追い込みすぎた。大衆雑誌向けに戯言を――身も蓋もない雑文を――書き散らしたあげくに心を病んでいた。たとえ生活がかかっていようと、もうこれ以上はできない。

だが、しなかったら……？

大きな問題はそこだった。己れが恃む才覚を失くした三十五歳の男は何をやればいい？　アルコール中毒、精神衰弱、結核の病歴に、まず絶えることのない欲求不満を抱えるこの男が何をする？　妻と三人の子はどうなる？　父親とは約束をして――

わたしは不意にその連想を断ち切った。別れるとき、父は泣いたのだ。

しかし――わたしはワインのボトルを長々と呷った――これは横にいるヒッチハイカーを種にした、笑えるジョークだった。相手を羨むのはわたしのほうで、その逆ではない。

「……何をしてますか？」

「仕事？　ああ、作家だよ」

「かなり儲かるんでしょうね」

「まあ、けっこうね」

「それって――その――どうやってやるんですか？　国じゅうを車で見てまわるうちにアイディアを思いついたりして――」

わたしは笑いだし、飲んでいた酒にむせそうになった。若者は不機嫌そうな顔をした。

「さっぱりわからないな。おれは酒とか煙草とか、そういうのはやらないし。女の子をショーに連れていく余裕なんかぜんぜんないし。なのに、ほかの人たちはみんなでかい車をがんがん走らせて、好きに楽しんでる――。そんなの不公平だ。不公平に決まってる!」

「いまに上向くさ」わたしは言った。「落ちるところまで落ちたら、あとは上がっていくだけだから」

「ほんとに? そうならなかったら?」

「どうせ人は死ぬんだ、たいしたことじゃない」

会話に飽きたというより、眠気に誘われていた。わたしは無意識のうちに、それもかなり偏頗《へんぱ》な見方で——ふたりはちがう人間なのだから——若者の境遇を同じ年齢の自分と較べていた。そして、やたら絶望しがちな男だと感じた。

彼は十五マイルないし二十マイルを走るあいだ黙っていた。やがて恐る恐る切り出した。「あの——その——近道を行ってもいいですか? 山を越えて?」

「いいとも」わたしは肩をすくめた。

また沈黙。それから、「な、なんかお疲れじゃないですか? 眠かったら、着いたら起こしますから」

「ああ、ありがとう。そうさせてもらおうかな」

わたしは中身を飲み干したボトルを窓から放った。シートにもたれてすぐに寝入った。

ほんの一瞬と思ったのは、じつは数時間後だったのだが、わたしはふと目を覚ました。車は停まってエンジンが切られ、ヘッドライトも消えていた。わたしはこすった目を暗がりに凝らした。

「どうした?」わたしは呻いた。「どうしてここで停まった?」

若者はわたしからいくぶん顔をそむけるようにしていた。片手はポケットのなかだった。「あ——あの」緊張で言葉がつかえた。「は、話があるんです。おれ——おれ——」

「ああ、いいからつづけて」ワインのせいで、まだ頭がぼんやりしていた。「大きな声で!」

「お、おれ——」若者は吐息まじりに声を出した。「ト、トイレに行きたくて」

わたしはあまり愉快でもないのに笑った。「なるほど、でもいちいち大騒ぎすることじゃないだろう。ほら! どうした?」

彼はドアレバーに手をやった。わたしは助手席側から降りようとした。

ドアをつかんでいてさいわいだった。わたしが二歩目を踏み出した先は中空だった。

わたしは息を呑んで身体を後ろに引いた。驚いて声も悲鳴も出せず、半月の薄闇のなかに視線を走らせた。

わたしたちは山中の高いところにいた。しかも、わたしが立っていたのは崖っぷち、すなわち片側が絶壁に、反対側が車に接して三角形をなす路辺だった。

車に乗るには都合の悪い場所だった。前輪がこちら側に切られていて前に出られない。とても都合の悪い場所だった。後ろの三角形の底辺のほうにも行けなかった。

なぜなら、そこには若者が無言で立っていたからである。突き出したふるえる手には、おぼろな月の光に妖しく光る長尺の刃のナイフが握られていた。

若者が不安そうに一歩足を出すと、ナイフが円を描いた。わたしはわずかに後ずさりした。

やがて、わたしに後退する余地がなくなり、若者もこれ以上前には出られなくなったが、攻撃はしてこなかった。わたしたちはその場で睨みあった。荒い息遣いで。待った。わたしは怯え、吐き気がして、恐怖に身をすくませた。心のなかで思っていた。そうだ、自業自得だ。いままでずっとこうなるのを願ってきて、それがようやく自分のものになる。こうも思った。なんて死にざまだ。喉を切られて山肌を転がり落ちていくとは。

そして……

すると、これが不思議な話なのだが、わたしは突如この若者にたいして嫌悪と吐き気をもよおした。思いつくのは、彼がじき犠牲者になるというとんでもないジョークだった。

二、三ドル、安い腕時計、車で、彼は一日もしないうちに捕まる。彼が手にするのは――無。行く末はガス室か終身刑でしかない。それはある面、わたしのせいでもある。

こちらの懐事情を正直に明かすこともできた。もっと親身になって、建設的な助言をしてやることもできた。そうする代わりに、わたしは口先だけのいいかげんな返事をして、冷淡な物腰で彼をけしかけたのだ。飲んで寝るために。

いまさら真実を話したところで、むこうが信じるはずもない。命乞いするには遅すぎた。すでに強盗殺人の一線を越えている。本人が内心どんなに望もうと――そこはわたしにもよくわかったが――もう後には引けなくなっているのだ。

何か気づかせる方法があれば、思いなおすきっかけをあたえることができれば……

わたしは無意識に身を揺らした。その動きで脳内のどこかが刺激されたのか、恐怖に凍りついていた細胞が活動を開始した。わたしはもう一度、大げさに身体を揺らすと口を開いた。

「そいつがおまえの話してたナイフか？　見せてみろ」

わたしはゆっくり手を差し出した。指先が刃の先端にふれそうなところまで伸ばした。

「ほら、早く」わたしは言った。「おれに自慢したかったんだろう？　そうやって持ったままだと見えないぞ」

「あ、あの、おれ――」若者の手が痙攣したように突き出され、刃が弧を描いた。そこから彼は柄を握ったまま、わたしの掌のところまでナイフを下ろしてきた。

「いいナイフだ」とわたしは言った。「でも、いいか？　おまえがそれを持ってるのを見た人間は、おまえが強盗を働くんじゃないかと思うかもしれない」

わたしはナイフをそっと手前に引いた。「どうだ、捨てないか？」

彼は手を放した。

わたしはナイフを崖のむこうへ抛り投げた。

……彼の故郷の町に着いたのは夜中の十二時を回るころで、素朴で温かい彼の家族から泊まっていけと言われた。ちなみに、家族は息子がキャンプを追い出されたことをよろこんでいた。父親の仕事がちょうどその日に決まり、同じ職場にもうひとつ、息子の働き口も用意されていた。

若者とわたしは、昔ながらの大きなベッドでいっしょに寝た。当然、ぐっすり眠れた。それはそうだろう。彼は犯罪者ではないのだ。偶然とやむにやまれぬ事情が重なっただけで、この先、そんな不吉な連鎖がふたたび起きることはないだろう。たとえあったとしても、彼には今度の経験が糧になっている。

翌朝、わたしはサンフランシスコまで、車を持ち主のディーラーに返しにいった。着いたとき、むこうはちょうど電話の最中だった。

「きのうのうちに到着するって電報があったから」と彼は説明した。「強盗にやられたんじゃないかと思って、ハイウェイ・パトロールに通報しようとしてたところさ」

「手間を取らせなくてよかった」とわたしは言った。

22

戦争景気というか、差し迫った戦争がらみの活況がサンディエゴにめぐってきた。失業者の数は相変わらず多かった。物価は最古の経済法則にしたがい、賃金のはるか先を走っていた。

わたしたち七人――母、フレディにわたしの家族――は、三室半のアパートメントにひしめくようにして住んだ。フレディの電話交換手の仕事で家賃は払えた。残りの生活費を賄うのがわたしの役目で、緊急事態には相当卑しい手も使った。

わたしの自慢はかつて研究助成金を受けたことで、そのふたつのうちひとつは合衆国内で一年分授与された。これは学位を持たない者にとっては望外の栄誉であり、わたしの担当分野――建築業――は重要なものだった。すぐに財政的な見返りがあったかといえば、たいしたことはなかったが、そこはどうでもいい。わたしの研究成果が一冊の本として刊行される予定で、かなりの印税がはいってくることになる。それればかりか、学術的に認められる可能性も充分にあった――名誉学位。博士号かもしれない。ハイスクールきっての劣等生、大学のはみ出し者で落伍者だったわたし、ジム・トンプスンは

――そのジム・トンプスンではなくなり、辛い記憶も、染みついて増すばかりだった自己不信も消えてなくなる。そこに取って代わるのが、尊敬すべきトンプスン博士。気取るのは大嫌いなので、その肩書を使うつもりはなかった。ただ、そこに象徴されるものが必要だった――無言で指弾してくる失敗の数々を跳ねのけるために。もしも本物の名誉を――不測の事態であるとか、わたし自身の欠点によって傷がつくことのない栄誉を――この一度きりでも手にすることができれば、誇りを貫ける仕事を一度だけでもやって、しかもかなりの報酬がはいってくれば……

が、サンディエゴに落ち着いて数日後に悪い報らせが届いた。戦争景気にともない、国内の経済が一気に膨らんだことで、わたしの題材は時代に遅れた、というか時代遅れになろうとしていた。六室ある五千ドルの家は永久に消失した。時給一ドルの建築職人も同じ運命をたどった。これは〝きわめて遺憾〟なことであり、わたしの調査や執筆した文章が影響したとは思わないが……本の出版は中止された。

わたしは職探しをはじめた。

見つからなかった――ある程度の給料は出そうとか、体裁だけでも責任を果たそうという職場もなかった。わたしの暗澹とした気分は表に出ていた。食欲が失せて眠れなくなり、安ワインを大量に飲むようになっていた。それが外見にも表れた。すっかり染みついて傍目にもわかるようになった。

単純な仕事にも応募することにした（「べつに何だっていいじゃないか」）。とりあえず家族が糊口をしのげる先を見つけた。

あるサンディエゴの航空機工場が、大規模な拡大計画を推し進めていた。飛行機製造と同時に施設の建築がつづくなかで、工場は跳ねた漆喰や塗料の滓を四つん這いになって削り取る人手を求めていた。

わたしは、人事部長の言葉を借りれば、その〝好機〟に飛びついた。うまくやれば（これまた人事部長の言）、一人前の管理人に昇進できる。当面の待遇は週二十五ドル。

とまあ、茶化してはみたものの、この仕事は良かった。少なくとも、日に八時間は酒を飲まずに過ごせた。その間に、人生への興味がふたたび頭をもたげてきた。

工場の端から端までうろつきまわるうち、わたしは大工場で働くことにかつてない思いを抱くようになっていた。小耳にはさんだ会話の断片、目にした光景に気を惹かれた。なにかと想像力を掻き立てられ、どうにも気にせずにはいられなかったのだ。南部でよく言うところの、その〝ど真ん中に割ってはいる〟しかなかった。

ある日、床から起きあがったわたしは、ズボンで手を拭くと本部長に呼びかけた。

「部品の記録のことで困ってらっしゃるんでしょう。なんなら、ぼくが整理しますよ」

わたしを一瞥した本部長は、口もとに微笑を浮かべて立ち去ろうとした。

「チャンスをください」とわたしは訴えた。「これまで、わりと重要な仕事をやってきたんです。たとえば――」

「どんな?」本部長はまた目を向けてきた。「きみは会計担当じゃあるまい。公認会計士なのか?」

「いいえ、でも――」

「じゃあ、エンジニアか」

「いえ、ぼくは――」

「でも、青焼きは読めるんだろうな?」

「それが……」

「仕事にもどりたまえ」

その晩、夕食が終わってから、わたしは急ぎ公立図書館へ行った。会計と青写真に関する本を、見つけたそばから全部借りて家に帰った。翌朝、妻がトーストとコーヒーを出してきても、わたしはまだ本を読んでいた。

目を充血させ、どんよりした頭でわたしはふたたび本部長に声をかけた。

「会社の会計仕事ならなんでもこなせます。青焼きもすぐ読めます。徹夜で勉強してきました」

本部長が背を向け、仕事にもどれと命令してくるまえに、わたしは読んだ本の題名を端から挙げていった。そのうちの何冊かにぴんと来たのか、本部長は品定めをするようなまなざしをわたしに投げた。

「わかった。きみはうちのどこに問題があると思う?」

「全部です。その記録のシステムを導入したのがどなたか知りませんが、実態を理解していません」

「それはにわかに信じがたい話だ。これを入れたのは、生産技術者を集めた優秀な会社だ」

「たしかに優秀かもしれないが、彼らは人間というものをわかっていません。理論上はふさわしいシステムでも、実際には機能しないことがある。人的要因を見落としているからですよ。これを動かすには、高賃金の専門家集団が必要なんです。あなたが求めるのは、簡単で誰にでもできる方法、それならぼくが……」

興味と苛立ちの間を行き来する相手に、わたしはしゃべりつづけた。これを黙らせるにはほかに方法がないと悟ったのか、本部長はしまいに根負けしてチャンスをくれた。わたしは普段の給料のまま一週間、部品管理部に出向した。部のシステムを検討して、問題の解決につながりそうな変更を助言する役割だった。

これが思いのほか成果をあげた。わたしは一週間足らずで新たなシステムを工夫して導入した。そして、その利点を説得力あるかたちで運用してみせると、以前の複雑で高価なシステムはお払い箱となった。

工場にいた七カ月あまりで、わたしは着実により良い立場を得て五回の賃上げを経験した。その後に退職した。

いつしか、航空機製造を一生の仕事として励む専門家たちと張りあう地位にいた。そんな彼らと競う気にはなれなかった。競いたいという強い願望などなかった。しょせん、わたしにはわたしの専門があり、二十年近くをそこに費やしてきたのだ。その経験を活かさなくてはならない。それも急がないと、残りの人生をぬるま湯につかってすごすことになる。

どうにか書きあげた短い探偵小説が二本あった。そのささやかな収入で、妻と子をネブラスカへ里帰りさせ、わたしはニューヨーク行きのバスに乗った。ニューヨークでなら、執筆や出版の仕事が何かしらあると思った。それに編集者や出版社と直接話ができれば、本当に価値あるフリーランスの仕事とめぐりあうチャンスもふえるだろう。

わたしが乗った格安バスの料金は食事代もふくんでいた。この食事というのがどんなものだったかは、おそらくお察しのとおりだ。わたしは最初の一食でひどい腹痛に襲われ、吐き気と下痢に悩まされた。かりに大陸を横断するバスにたいし——当然トイレはなく、休憩もめったに取らない——もっとひどい苦情があるにしても、わたしには思いつけない。それからは自分で食事を買うようにしたが、すでに毒は体内にあって、これがしきりに、残酷に顔を出した。

バスの運転手はいらつき、やがて怒りだした。わたしが〝藪だの看板が見えてくるたびに〟バスを降りたせいで、運行予定から何時間も遅れてしまったからである。今度バスを止めたら置き去りにしてやる、あとは歩いてニューヨークまで行くんだぞ、と言いだした。

「でも仕方ないだろう」わたしは言った。「気分が悪いんだ」

「なら、自分で薬を仕込むんだよ！　ウィスキーを買って舐めてみな——そしたら効くから。もう、なんとかしてくれよ！」

腹痛止めの薬を買った。これは眠くなるばかりで……あやうく惨事をまねくところだった。そこでウィスキーをちびち飲《や》ると、これが効いた。痛みはおさまり、飲んでいるかぎりはおさまっていた。

三日目にオクラホマシティに着くと、旅程を一日延ばして父に会いにいった。父は、わたしが顔を出したことが信じられない様子だった。長く孤独な七カ月は、父には何年にも感じられたにちがいなく、もう見捨てられたと思いはじめていたのではないか。

わたしは父に事実を説いて聞かせた。ここに残ってもらったのは、やむにやまれぬ事情があったからだと。すると父は顔を輝かせた。

「じゃあ、おしまいだな。荷物をまとめるのを手伝ってくれ、さっさとここを引き払おう」

「父さん、それが——」

「なんだ？」父はわたしを見つめた。「おれを連れてってくれるんじゃないのか？　そ、そのために、おまえはもどってきてくれたんだろう？」

わたしは躊躇した。それから、ああ、そうだよと答えた。「でも、きょうは連れていけないんだ、父さん。これからニューヨークへ行く」

「えっ?・」父は顔を曇らせた。「だったら、おれはひとりでも行ける——」

「むこうにいい仕事があってね」わたしは嘘を言った。「だから——そう、ひと月だけ待ってくれれば、特別室でカリフォルニアまで送っていける。必要なら看護婦もつけて。でも、いまはバスの切符しか買えないんだ」

「どうかな」父は言葉をにごした。「医者がな……自信がない……」そう言ってベッドに腰を落とした。「間違いないか、ジミー? あとひと月待てばいいのか——?・」

「約束だ。ぼくは約束を破らない」

「ああ」うなずいた父の顔は晴れやかだった。「おまえは約束を守る……ならいい。ここを出られるとわかれば、べつにたいしたことじゃない」

父はかなり衰弱していたが、年齢を考えれば臓器の状態はまずまずだった。深刻な鬱の症状に関しては、家族のもとに帰れば大幅に改善するだろうという医師の判断があった。

その夜はオクラホマシティに泊まった。翌日の朝、嬉々として旅の計画を話す父に別れを告げ、わたしはふたたびニューヨークへ向かう格安バスの客となった。

まさか食事を自前で調達したり、二十ドルもするウィスキーを買うはめになるとは思ってもみなかった。大都会に着いて、ポケットにあるのは二十五セント硬貨がたったの一枚。一九四一年十一月、寒さの厳しい夜だった。ひどい吐き気が尾を引き、カリフォルニアで薄まった血がいまにも凍結しそうだった。

人込みに怯えたわたしは、ふるえながら街角に立ちつくし、どうしたものかと考えた。まるで悪夢だった。奇妙な世界に放りこまれ、走るに走れないといったような。休まないと。ウィスキーを身体に入れないと。一カ月後——一カ月以内には……。ネブラスカに何年も行っていなかった家族は、しばらくむこうに滞在したがっていた。だから、そっちはそんなに急ぐことはない。でも父のほうは——遅らせるわけにはいかなかった。父を裏切ることはできない。

まずは大事なことから。

手荷物のブリーフケースと旅行鞄は、くたびれてはいたが見栄えはした。高級ホテルに難なくチェックインすると、部屋に一クォートのウィスキーを運ばせた。ベルボーイに二十五セントを渡した。とりあえず何杯か飲んでから行動計画を練った。

まずはこの腹の不調を癒やさないことには職に就けない。どのみち職に就いたところで、入り用の金はすぐには手にできない。わたしはとつおいつして、千通りもの無謀な案を秤に掛けていった。そして最後に残ったのが、おそらく無謀の最たるものだった。

わたしは小説を書いて売ることにした。

朝になると、この窮余の一策がますます荒唐無稽なものに思えてきた。だが、己れを叱咤し——きつい数杯で景気をつけて——街へ乗り出した。なんといっても、おれは作家じゃないか。で、出版社は本を出したがっている。それに、文無しは罪なんかじゃない。だったら、こっちの企画が陳腐きわまりないものであっても、どうということはないだろう?

どうということは多分にあるようだった。最初に訪ねた数社では、受付を通ることもできなかった。五社目では——もしかすると六社目だったかもしれない——同情するようにわたしの話を聞いていた編集者が、友人か親類に電報を打って、カリフォルニアへ帰る切符を送ってもらったほうがいいと言った。その電報代にと、彼は二ドルを貸してくれた。わたしはそれを朝食代、煙草代、酒代に使った。そしてつぎの出版社に掛けあった。

そこは小さいながらも、処女作を数多く出版してきたことで名のある会社だった。わたしはすんなり編集者のオフィスに通された。訝しそうに話を聞いていた編集者は笑いだし、発行者に引きあわせてくれた。この紳士も、額に皺を寄せてわたしの話に耳をかたむけていた。

「つまりだ」紳士はようやく口を開いた。「きみの望みは、ホテルを出る保釈金をわれわれに肩代わりさせること——」

「たいした額じゃありません」

「それからタイプライターを貸与して、きみが小説を、まだ構想もろくにはっきりしない本を執筆する間の経費を融通することか」

構想はあるのだ、とわたしは言った。「とてもひどい話です。融通していただくのは二週間分だけで。小説を脱稿したら、通常の前払金から引いてもらってけっこうです」

「脱稿して、それが出版できるものであったならな」

「二週間以内に渡します。出版できるものを」

発行者は迷ったすえに、無難な判断とはいえないほうへ傾いていった。「きみの気概は買うが、それは無理だろう。できるとは思えないが、しかし……」

わたしは古びたタイプライターを片手に、小切手を反対の手につかんでオフィスを出た。ホテルをチェックアウトすると、七番街に週三ドルの部屋を借りて仕事をはじめた。一日に平均二十時間働き、十日で一冊を書きあげた。

出版社の反応は賛否が相半ばした。絶賛する編集者もいれば、乗り気を見せない者もいた。そこでよくあることだが、原稿を別の作家に読ませて意見を聞くことになった。

この作家というのが裕福なハリウッドの一家の末裔で、小説を一冊発表していた若者だった。彼のレポートによれば、わたしは〝駆け出しの作家としては〟将来有望だが、小説をこころざすには、明らかに人生について知らない。〝生存することの過酷な現実と身をもって向きあう〟必要がある——たんに本で読むだけではない、わたしの場合ははっきりそうだが（とおまけも付いた）。

不安で吐き気がするうえに、ヒステリーまで起こしかけていたわたしは、このレポートを読んで吹き出した。発行者が親しげに目交ぜをしてきた。彼はわたし同様、この若者の意見には感心していなかった。ほかの二名の作家にも原稿を見せると言った。

「ルイス・ブロムフィールドとリチャード・ライトだ。彼らは気に入るはずだ。そこで、きみを引き留めておくことになるから……」

彼はさらに二十五ドルを前払いしてくれた。実質、わたしの生きる糧となっていたウィスキーは、当時は非常に安く、最初の前払金の一部がまだ手もとに残っていた。その気なら、追加がなくても二週間は暮らすことができた。

「お訊ねしますが——」発行者と握手する段になって、わたしはためらいがちに切り出した。「そのレポートは二週間以内に届くでしょうか?」

「まあ、そうなるように努力はする。もし遅れて、またいくらか必要になるようなら、こちらで——」

「そうじゃないんです」とわたしは言った。「なかなか説明しにくいことなんで、あえてお話ししませんが。すでに個人的な問題でご面倒をおかけしてますし。ですが——」

「わかった」彼はわたしの背中を叩いた。「できるだけ早く知らせよう」

真ん前にあるカレンダーがぼやけて揺れた。わたしは両手でドレッサーをつかみ、身を乗り出すようにして目を細めた。

「ええと」とひとりごちた。「オクラホマからふ、二日。それに足すこと十日、あのハリウッド野郎で四日、それに——それに——きょうは何曜日なんだ？」

計算ができなかった。焦点が合わない。避けがたいことへの不安で頭がいっぱいだった。やはり現実に気づいていなかったのか、気づいていながら受け入れなかったのか。酒びたりの数日で、わたしはもはや死人も同然だった。

「な、何か食わないと」心の思いをまた口に出していた。「何か……」

服を探して室内をよろめき歩いた。服を着ていることを知り、狂ったように笑いながらベッドに倒れこんだ。

扉をノックする音が聞こえた。わたしは肩をすぼめ、枕の下から酒壜を抜き出した……。最近、やたらノックされる。変な恰好の物が現われる。飲むと消えた。

扉が開き、男がふたり部屋にはいってきた。その後ろで、女将が両手を揉みあわせていた。

「どうしていいかわからなかったものだから。お医者さんに電話をしたんだけど――」

「ええ。医者はわれわれ酔っ払いとかかわるのを厭がりますからね……。どうだ、ビル？　おまえもおれと同じ意見か？」

「そうだな。まずは連れていったほうがいいだろう」

男たちはわたしの腕を取って立ちあがらせようとした。わたしは狼狽して、その手を振りほどこうとした。

しっかりつかまれていた。

「大丈夫だ。おれたちはアルコール中毒者自主治療協会から来た。あんたの面倒をみるよ」

「ど、どうやって？　どこへ連れていく気だ？」

「心配はしなくていい。おれたちは味方だ。こういうのは自分でも経験してる」

わたしたちは通りに出て車に乗りこんだ。そして収容されたのがベルヴュー病院である。ベルヴューのアルコール中毒者病棟については、数々の恐ろしい話が流布している。批評する立場として、わたしは適任ではないのかもしれないが、そんな話を裏づけるような場面にはついぞ出くわさなかった。食事は美味しく、ベッドは快適で清潔だった。

ずいぶん困った連中に囲まれながらも付添いはやさしかったし、医師や看護婦は親切で有能だった。

要するに、わたしはとてもよくしてもらった。そのおかげで五日目の午後には退院できた。

借りていた宿に向かって街中を歩きながら、また不安をおぼえた——不安が付きまとっていた。オクラホマを出てから五週間足らず。一ヵ月を大きく超えていないのはたしかだが、ある老人にとっては、見捨てられたのではと人知れず怯える孤老にとっては……五番街まで来た。わたしは道を渡らずに、ふと思い立ってアップタウンのほうへ折れた。もう出版社の判断も出ているはずだった。いいかげん、出してもらわないと。

そう、判断は出ていた。

発行者はオフィスに請じ入れたわたしの肩を抱いた。「ルイスとディックから色よい返事が来たよ。カバーに推薦文を載せてくれるそうだ……そこで、修正が必要と思われる箇所がある。何章か削って新しい文章と差し換えてもらいたい。それでも——」

「ああ」わたしは悲しげな声を出していた。「すると、まだしばらく待たないと——」

「何が？　いや、金ならいますぐお支払いしよう。出版はもう決めたんだ。ちなみに、これのケリがついたら、今後も——はい?」

戸口に受付嬢が立っていた。彼女は無礼を詫びると、〈ウエスタン・ユニオン〉の黄色い封筒を差し出した。「これがきのう届いたんです、ミスター・トンプスン。電話を差しあげたんですが——」

「母からだ」とわたしは言った。「いつまであの下宿にいるかわからないので、連絡先を——その——」

わたしは封を切った。

電文に目を落とした。

動転。茫然自失。

「悪い報らせか?」発行者の低い声。

「父が」わたしは言った。「二日まえに死んだ」

解説

トンプスンのユーモア——暗澹たる世界をふてぶてしく生きる

牧 眞司（文芸評論家）

ジム・トンプスンを読む。ほとんど悪癖のように。

「悪癖」というのは人聞きが良くないが、ただの「癖」では弱すぎるし、そもそも「善癖」なんて言葉もない。おそらく、あなたは普段はそれなりに仕事や勉強をし、世間づきあいもできるひとだ。日常や社会に適合して生きている。しかし、書店でまだ読んでいないトンプスンの本を見つけると、その夜はもう諦めなければならない。翌朝はてきめん寝不足だ。

読書そのものはありふれた（まあ健全な）趣味だが、トンプスンを読むときはちょっと美俗に背く感覚がある。大っぴらに楽しんでいるとは言いにくい。

エンターテインメントならば、もっともてなしがよい作品がいくらでもある。琴線にふれる感動作、カタルシスを提供する物語、周到に張られた伏線がきれいに回収される大作……。娯楽のテクニックは時代とともに進歩をつづけている。

しかし、ひとたびトンプスンを知ってしまった読者は、そうした無難なエンターテインメントでは得られないものを求め、またトンプスンへ戻っていく。何度も。それが悪癖の悪癖たるゆえんだ。三度の食事とは別の、ひそかな嗜好品のような読書である。余談ながら、筆者にとって「悪癖」度でジム・トンプスンに並ぶ作家はパトリシア・ハイスミスである。

どうしてトンプスンに、いくども惹きつけられるのだろう?

どの作品でもいい。ページを開いて読めばわかる。諦観とユーモアとをうっすら滲ませながら語られる乾いた世界。精彩と潤いがない毎日に、あたりまえに向きあう文章。それが読者をすうっと物語へ引きこむ。

彼の小説の主人公は、作品によって程度の差はあるものの、共同体の規範に収まらないアウトサイダー的な傾向、あるいは他者への共感を欠いたソシオパスの性質を備えている（そうしたパーソナリティが、小説構造において「信頼できない語り手」として機能する場合も多々ある）。ただし、彼ら自身だけの問題ではなく、社会や世間そのものに倫理や恵愛が希薄なのだ。

トンプスンの物語は、そうした世界を絶望で捉えるのでもなく、かといって冷笑に逃げるのでもなく、真っ正面から人生の基底に据えている。うんざりしつつも、しぶとく生きている感覚だ。もちろん、そうやっていつまで生きつづけられるかは保証のかぎりではない。たとえば、『残酷な夜』（一九五三）では切って落とされるような結末が待っている。

本書『漂泊者』（一九五四）は『バッドボーイ』（一九五三）の続篇であり、自伝的な小説要素が色濃い作品だ。そのため、アクセルを踏みきった暗黒小説『おれの中の殺し屋』（一九五二）や『ポップ1280』（一九六四）などと比べると、情動の異常度や事件の猟奇性はマイルドであり、トンプスンに馴染みがない読者にも勧めやすい作品だと言える。一九二〇年代末から三〇年代にかけてのアメリカにおける社会・文化・習俗・雇用状況を生々しく伝える資料としても興味深い。いっぽう、トンプスン愛読者にとっては、この作家の来歴や背景がうかがえ（事実関係だけでなくトンプスンの感覚も含めて）、見逃すことができない一冊だ。トンプスンの作品はたいてい作者自身の体験に基づく「要素」が含まれているが、『バッドボーイ』と本書の場合は「要素」にとどまらず、プロット全体が個人的事実に沿って構成されている。

『バッドボーイ』は、小学校時代の記憶からはじまり、悪童らしいやんちゃの顚末、事業に失敗した父親が転落していく過程、祖父から受けついだ逞しい反骨精神、貧しい境遇から抜けだそうと職業を転々とする日々、そして大儲けの計画が挫折するまでが、いくつものエピソードを連ねて綴られていた。少年の視点によるユーモアに満ちた語り口は、マーク・トウェイン『ハックルベリー・フィンの冒険』（一八八五）の現代版といったところである。

それは本書にも引きつがれているが、語り手（つまりジム・トンプスン）の年齢が上がったこと（物語の開幕時点で二十二歳）と、文筆家としての一本立ちをめざしている点で、職業小説としての面が強く出ている。執筆した原稿が首尾良く採用されることはむしろ少なく、収入と実績が確実に得られるはずの企画が潰える憂き目にもあうのだが、トンプスンは自らの文才を疑うことはない。題材と掲載先さえあれば、誰にも負けないテキストを仕上げてみせる。ほかのことでは失敗つづきだが、文章に対するこの自信は小気味がいい。

『バッドボーイ』の終盤で、トンプスンは密造酒販売でマフィアを出しぬき、濡れ手に粟で儲けるつもりだったが、当局に摘発されてしまい、母親と末妹を連れ這々の体でテキサスから逃げだした。『漂泊者』では、それ以降の遍歴が語られる。物語のなかで彼が就く仕事を、列挙してみよう。ネタバレと思うむきもあるかもしれないが、ご心配なく。この作品において、外形的な仕事の変遷は重要ではなく、そこで繰りひろげられる人間模様やハプニングにこそ妙味があるのだから。以下の仕事リストは、彼の人生のたんなる標識だ。

ソーダとサンドウィッチ売り↓三日間だけの日銭稼ぎ
葬儀社の夜間受付↓遺体冷却室での不始末で解雇
ベーカリー貯蔵室での材料準備↓激務・病気で退職
カフェテリアの給仕助手↓あくまで半端仕事
英文科のレポート読み↓同じく
学内ニュースの執筆↓同じく
歩合制のラジオ販売↓同じく
ダンスホールのフロアマネジャー↓同じく

割賦販売の百貨店↓強権的な店長と衝突した上司の巻き添えで解雇
別の百貨店↓解雇に先回りして売場に悪戯を仕掛けたあげく退職
割賦会社での外回り↓会社が倒産
（仕事が見つからず野宿の旅）↓浮浪罪で逮捕
チラシ配り↓時給十セント
下水溝掘り（州の救済事業）↓給与支払いのトラブル
放置された鋼管の転売↓取り外し工事が失敗
ホテルのドアマン↓実録探偵小説の執筆が軌道に乗ったので退職
長期連載探偵小説の企画↓掲載に不都合が生じて頓挫
オクラホマシティでの作家プロジェクトの理事↓理不尽な処遇によるトラブル
ロックフェラー財団助成金を得ての調査研究↓成果の出版が中止
航空機工場での肉体労働↓執筆に専念するため円満退職
ニューヨークの出版社へ飛びこみ営業↓？？

この一覧だけを眺めると、腰を落ち着けて仕事に取り組めない男に見えるが、根底には不安定な雇用や低劣な職場環境、さらに社会格差（学歴・家柄・カネ・コネがないと順当なキャリアのスタートラインにすら立てない）が横たわっている。ただし、トンプスンはそうした社会の歪みを正面切って批判しているのではない。

生前は文学賞にまったく縁がなかったトンプスンだが、歿後の二〇〇〇年にラルフ・エリスン賞を受賞している。そういえば、エリスンの代表作『見えない人間』（一九五二）も、一九三〇年代のアメリカの社会格差をまざまざと描きだしていた。『見えない人間』は黒人文学だが、型通りの社会批判や差別の糾弾ではなく、イノセントな若者が旧弊な規範に抗う青春小説の色合いが強い。主人公の黒人青年は白人優位の社会に抑圧されているが、それだけではなく、民衆運動を展開するブラザーフッド協会のなかにも居場所が見いだせない。彼はひとたび大学入学が認められたものの、不幸な巡りあわせで放校になり、復学のためにたいへんな苦労を重ねる。いっぽう、本書のトンプスンは仕事を転々としながらも、どうにか時間をやりくりして大学だけはつづけようとする（妻の妊娠によって断念するが）。精神的な意味で流転をつづける青年像という点で、『漂泊者』と『見えない人間』は共通するところが多い。

もっとも、しだいに行き場をなくし閉塞していく『見えない人間』に対し、『漂泊者』

はほとんど根拠のない前向きさがある。描かれる状況は暗澹として、いっこうに希望が見えない。登場人物のひとり（トンプスンが割賦金回収の仕事をしていたときの債務者）は、「やれることはみんなやったのに、ちっともよくならなかったらどうすりゃいいんだ?」（七三ページ）と嘆く。しかし、トンプスンは「ここまで落ちたら、あとは上向くだけだという気がしていた」（三二ページ）、「いまはろくなもんじゃないけど、いつかそこから抜け出す。おれは――」（一二三ページ）と、逞しい。先行きの見えない人生であっても、しっかり結婚して三人の子どもにも恵まれるのだ。

主人公トンプスンの図太さに加え、脇役にユニークなキャラクターが揃っていることが、『漂泊者』に良い意味での軽妙さを与えている。悪魔めいた皮肉を舌足らずの口調で喚き散らすカール・フラミッチ。とてつもない大嘘つきだが憎めない悪友アリー・アイヴァーズ。頭の弱い娼婦ながら文芸批評においては慧眼のトリクシー。彼らは、トンプスンにとって迷惑の種でもあるが、ちょっとした救いをもたらす存在でもある。

訳者略歴

土屋晃

東京生まれ。慶應義塾大学文学部卒。訳書に、スティーヴン・キング『ジョイランド』、ジェフリー・ディーヴァー『オクトーバー・リスト』（ともに文春文庫）、テッド・ルイス『ゲット・カーター』（扶桑社文庫）、エリック・ガルシア『レポメン』（新潮文庫）、ジム・トンプスン『バッドボーイ』（小社刊）など。

漂泊者

2021年3月31日初版第一刷発行

著者 : ジム・トンプスン

訳者 : 土屋晃

発行所 : 株式会社文遊社

東京都文京区本郷4-9-1-402　〒113-0033

TEL: 03-3815-7740　FAX: 03-3815-8716

郵便振替 : 00170-6-173020

装幀 : 黒洲零

印刷・製本 : 中央精版印刷

乱丁本、落丁本は、お取り替えいたします。

定価は、カバーに表示してあります。

Roughneck by Jim Thompson

Originally published by Lion Books, 1954

Printed in Japan.　ISBN 978-4-89257-149-7

ジム・トンプスン　本邦初訳小説

雷鳴に気をつけろ　真崎 義博 訳

ネブラスカの小村の日常に潜む狂気と、南北戦争の記憶――
ノワールの原点となった、波乱に満ちた一族の物語。　解説・諏訪部浩一

バッドボーイ　土屋 晃 訳

豪放な“爺”の人生訓《レッスン》、詐欺師の友人、喧噪のベルボーイ生活――
若き日々を綴った、抱腹絶倒の自伝的小説。　解説・越川芳明

脱落者　田村 義進 訳

テキサスの西、大きな砂地《ビッグ・サンド》の町。原油採掘権をめぐる陰謀と死の連鎖、
未亡人と保安官補のもうひとつの顔。　解説・野崎六助

綿畑の小屋　小林 宏明 訳

罠にはまったのはおれだった――オクラホマの地主と娘、白人貧農の父子、
先住民の儀式、そして殺人……。　解説・福間健二

犯罪者　黒原 敏行 訳

殺人容疑者は十五歳の少年――過熱する報道、刑事、検事、弁護士の駆け引き、
記者たちの暗躍……。ありきたりの日常に潜む狂気。　解説・吉田広明

殺意　田村 義進 訳

悪意渦巻く海辺の町――鄙びたリゾート地、鬱屈する人々の殺意。
各章異なる語り手により構成される鮮烈なノワール。　解説・中条省平

ドクター・マーフィー　高山 真由美 訳

“酒浸り《ウエット》”な患者と危険なナース。マーフィーの治療のゆくえは――
アルコール専門療養所の長い一日を描いた異色長篇。　解説・霜月蒼

天国の南　小林 宏明 訳

'20年代のテキサスの西端は、タフな世界だった――パイプライン工事に
流れ込む放浪者、浮浪者、そして前科者……。　解説・滝本誠